文春文庫

中野のお父さんは謎を解くか

北村　薫

文藝春秋

目次

中野のお父さんは謎を解くか

縦か横か

1

「また、来たわよ」

と、百合原《ゆりはら》ゆかりの声がした。本棚の上にさらに積まれた資料や書類を越えて、その手が突き上げられる。

『小説文宝《ぶんぽう》』編集部。田川美希《たがわみき》の向かいが、ゆかりの席だ。互いの机の境界はアルプスのようになっていて、座っている限り顔など見えない。しかし、さすがに高く振られる指の先のものは、降伏者の白旗のように目に飛び込んで来る。

——封筒だ。

『小説文宝』には、読者からのお便り欄がある。雑誌と読み手が繋がる嬉しいページだ。そこにしばらく前から、投稿を続けてくださる方がいる。

困った内容ではない。それどころか素晴らしい。ただ、話題がいつも限られている。

ある中堅作家さんの短編が掲載された時、それについての感想が寄せられた。愛情をもって実によく読み、的確に言葉にしている。一も二もなく採用し、お便り欄に掲載した。

するとそれからも、その作家さんの作品が載せられる都度、同じ人からの感想が届く。いくらよいものであっても、特定の投書者ばかり採用するのは好ましくない。残念ながら見合わせていると……。

「ね、鑑定して」

と、ゆかり。それまでの投書をまとめて美希に渡し、コーヒーを取りに行く。

「うーむ」

美希は、ババ抜きの大きなカードを広げるように五、六通の手紙を見比べる。三枚目から、住所氏名がかわっている。筆蹟はどれも同じ几帳面なものだ。何よりも、書いている文章の調子が同じだ。しかし、四通目、五通目、六通目と差出人の名はそれぞれ違う。

ゆかりが、紙コップのコーヒーを美希の前に置き、

「どう？」

「客観的に見て、まあ、同じ人でしょうね」

ゆかりは、自分のコーヒーを啜《すす》り、

「字が同じだからね。ところが、住所が違う」

「確かに」

「同じ県内だけど、住んでるとこがかわる。よっぽどの大地主か」

長野県の人だ。

「先月はここに住み、今月はここに住み——と」

「そうそう。信濃の大地主」

連なる山々、澄み切った空気。『アルプスの少女』に出て来そうな高原が目に浮かぶ。

ゆかりは続けて、

「でも見直したら、——名前までかえてる」

「うん」

「熱狂的なファンなら分からなくもない。どうしても、この先生をプッシュしたい。一人だけでやってると思われたくなくて、名前をかえた」

「そんなところかなあ」

「県内の知り合いの、名前や住所を借りてるんだろうね」

「うん」

「書いてることはいいんだよ。的を射てる。何カ月か空いたら、採りたいとこだけど——」

「だけど？」

「何だか、ここまで手がこんでると《怪しい》じゃない。お仲間がエールを送る場にされてもまずいしねえ」

ネットのお店の感想に、《これはうまい！　天下の美味！》などと書き込まれることがある。それが自画自賛——ということも、ないとはいえない。

美希は、丁度、その作家さんと打ち合わせのある日だった。

「当人に聞いてみますよ。——心当たりないかどうか」

「そう？」

「うん。ざっくばらんな人だから大丈夫。怒ったりしない。——当人だって、気になるでしょ」

「それはそうね」

というわけで、それから数時間後、神保町《じんぼうちょう》のビルの、二階にある喫茶店で、美希はその作家さんと向かいあっていた。

ゲラの直しや、これからのことなど話した後で、

——さて。

と美希は、例の来信の束を取り出した。

作家さんは、一目見て、眉を寄せた。

「うむ……」

苦り切っている。

「いかがですか？」

「いかがも何も……」

「知ってる方ですか？」

作家さんは、首を振りながら、

「……俺がどこの出身か、いってなかったよね」

「はあ」

これが時代小説の作家さんなら、出身地の歴史ものなど書いていたかも知れない。だが、今、美希が話している相手は、東京を舞台にした警察小説を書いている。地元がどこか——など、話題にもならなかった。

「長野だよ。《てるてる坊主　てる坊主　あした天気に　しておくれ》……」

「はあ？」

「中山晋平《なかやましんぺい》と同じ、中野市の生まれだ」

確か、有名な作曲家だった。先生はその長野出身。するとこれらは故郷からの手紙だ。

「ひょっとして——この方、お知り合いですか？」

作家さんは、《ひょっとするんだ》という調子で答えた。

「——親父だよ」

2

「あ……」

「俺が小学生の頃から、やることなすこと口を出すんだ。口だけじゃない。夏休みの工作なんかやってると、肩を揺らして、じれてる。手を出したくて、たまらないんだ」

「なーるほど」

「嫌だったなあ。……親父の手にかかると、作ってるものが途端に子供らしくなくなる。それが分かるから、《やめてくれ》といって、喧嘩になった」

「要するに、過保護なんですね」

「というか。何か、自己主張したくなるタイプだ」

「となると、表現者ですかね」

「そこまで立派なもんじゃない。ただのでしゃばりだ」作家さんは、コーヒーをひと口飲み、「今となっちゃ、それも思い出になった。《ああ、俺を大事に思ってくれてたんだな》と、ほのぼの思い返せるようになってた。それなのに、また、……こんなことを」

と、便箋に並んだ几帳面な文字の列を見る。身内からの援護射撃だったのだ。

「いいじゃないですか、――可愛くて」

「そういってもらえたら助かるけど、こっちは恥ずかしいよ。この年になって親父が……」

《男の子》として、親に出られるとプライドが傷つくようだ。

微笑ましくなる。

――長野県中野市か。長野のお父さんで、しかも中野のお父さん。手がこんでるなあ。

実は美希にも、あれこれ気遣ってくれる父親がいる。こちらは東京都の、中野のお父さんだ。

――それにしても、ちょっぴり意外な犯人だったな。

そんなことを思いながら、社に帰って来たら、玄関で八島和歌子《やしまわかこ》と一緒になった。『別冊文宝』にいたのだが、今は週刊誌の方に移っている。

『ドラえもん』のファンで、それについての豆知識なら、いくらでも知っている。白シャツに紺のニット、上に白の革ジャケット。すらりとした脚には水色のワイドパンツ、グレーのショートブーツを履いている。

そろそろ春という頃だが、気温が定まらない。どちらからともなく、

――風が肌寒いから、ハーフコート着て来たらよかったね。

などと、時候の挨拶をしながら、エレベーターに向かう。その前で、《犯人》について話したら、和歌子がいった。

「そういえばね、筏君《いかだ》のウェストが大きくなったのにも、犯人がいるらしいわよ」

「ほ？」

筏丈一郎《じょういちろう》は、書籍の編集にいる。名字だけでも変わっているのに、名前と合わせると、ますます今時の人らしくない。何とか殺法でも使う、虚無的な剣の達人のようだ。

名前に痩身を思わせる響きを持つのに、その名が体を表さない。何といおうか、堂々たる体軀だ。

「入社した時はスマートで、モテモテタイプだったらしい」

「そういいますねえ」

「野球やってたらしい」

かつては内野手として、軽快な守備ぶりを誇ったという。さらに文武両道。高校時代には、テレビのクイズ番組に出て、全国の女子高生を悩殺した。視聴者からの、熱いお便りが殺到したらしい。

「はい」

「その筏君が、入社してまず配属されたのが週刊誌。新人だから、食事の注文の係になった」

「はいはい」

「ところが、それが足りなくなる。《俺のカツ丼がないぞっ！》とか、《中華弁当がないぞっ！》とか怒鳴られた」

週刊誌の仕事は、月刊誌以上に時間との勝負だ。校了間際には、皆、さぞかし殺気立って来るだろう。腹が減ると人間、怒りっぽくなる。

「――筏君、真面目だし、新人だったから、童顔の額に汗を浮かべて苦しんだ。とうとう、毎回、ふたつぐらい余分に注文するようになった」

「おやまあ」

「安全策。《余る分にはいいい》と思ったわけね。そして、――残ったものは自分で処理してた」

「――食べちゃった」

「そう」

大変だ。

「苦渋の選択」

「若かったから」

「そういう生活を続けているうちに体型が変わって来た――という。これが、『週刊文宝』に伝わる恐怖の《筏伝説》」

「そうなんだ……」

と、怖がっている内に、エレベーターが編集部のある階に着く。

「――で、その犯人というのは？」

八島さんは、にこりとし、

「注文しないのに食べてた人がいたのよ」

「うわあ、それはひどい。新人としては、たまらないですねえ」

「特に名は秘す。――といいながら、実は《ここだけの話》として、悪名が伝わっている」

いやはや、人生いろいろである。

3

筏は好漢。六分《りくぶ》の俠気《きょうき》、四分《しぶ》の熱を持つ者として人気がある。

自分の担当している作家さんが、賞の候補になると、験《げん》を担いで、いろいろなことをする。一人で、神社に行ったりもする。夏は水ごり、冬だと、そのかわりにプールに行ってみる。以前、別の作家さんが受賞した時に、自分がしていたネクタイを取って置き、発表の日にはそれを締める。

「僕に出来るの、それぐらいですから」

そう語る表情に、真剣さが溢れる。

下馬評では、ちょっと難しそうな時も動じない。

「何事も無理と思った時、無理になります。最後まで信じて待つ」

「しっかりしてるわね、筏君」

筏の方が、美希より後輩なので君付けになる。

「はい。名前は筏でも流されませんよ」

めでたくことが運び、授賞式となれば、これは自分が貰ったように嬉しい。

この春には、美希が今、『小説文宝』で担当し、筏も本を作ったことのあるベテラン作家、川本治《かわもとおさむ》先生が、大きな賞をいただいた。

都心のホテルで授賞式が行われた。幸い、校了後の落ち着いた時期で助かった。美希は、筏と一緒の車で、会場のホテルに向かった。校了とぶつかると、どうしようもない。パーティで一瞬だけ顔を合わせ、ご挨拶し、とんぼ返りすることになってしまう。

編集長やゆかりは、別の作家さん原作の映画試写会から駆けつける。各社から、大勢の編集者さんがやって来る。

演劇関係や新人の賞とも合わせての式だったので、多彩な顔触れが会場に溢れる、賑やかな催しになった。

明るく輝く金屏風の前で、賞の贈呈があり、続いて受賞者の挨拶になった。

川本先生が、マイクの前に立つ。片手に本を持っている。

「六十年ほど前には、わたしもまだ、いたいけな子供でした。その頃、講談社の『名作物語文庫』というのを買ってもらっていた。一冊百円。箱入りの『世界名作全集』というのもありましたが、そちらは二百円。いうまでもなく、うちで買うのは安い方になる」

と、先生は切り出した。

「――その中に『クオレ物語』がありました。『クオレ』――お読みの方も多いでしょう。「母をたずねて三千里」とか、いろいろな物語が入っている。しかし、子供のわたしにとって印象深かったのは「父をおもえば」という短編でした。お父さんが内職で、封筒の宛て名書きをしている。年のせいか仕事がはかどらない。みかねた子供が、夜中に起きて、こっそり宛て名書きをする。するとこの親父さん、《近頃、仕事がはかどる》と喜ぶんですね。わたしは、子供心に《いくら何でも、字を見りゃ気がつくだろ。無理な設定だな》と思いましたよ。——紆余曲折がありまして、主人公がやっていたことが分かり、《感心な子》だとほめられる。小野忠孝《おのちゅうこう》という人の訳なんですが、最後はこうなっている」

先生は、六十年前の本を開いて読み上げた。

「ギュリオを　ひざにだきしめて
ねむっているのは　おとうさん！
お台所の　あまい香は
ギュリオの　すきな焼きりんご
つくっているのは　おかあさん！
ギュリオは　それも知らないか
ねいった顔が　ほおえんで
ほんとに　しずかでありました」

そして、本から顔をあげ、

「達成感と共に、何よりこの《焼きりんご》にやられましたね。六十年前の田舎町に、そんな洒落《しゃれ》たものはありません。《おお、焼きりんご！》想像を越えた《いいもの》に思えましたね。何年か前、《食べ物についてのエッセーを書いてくれ》といわれまして、

《よし、あれだっ！》と全訳版の『クオレ』で確認したら……。何とこの話の最後に、――焼きりんごなんか出て来ないんですよ。《あれれ》と調べたら、小野訳の前に池田《いけだ》宣政《のぶまさ》という人の『クオレ物語』というのがある。出版社は同じ講談社。読んでみたら、小野訳は、この池田訳をさらに子供向けに仕立て直したものなんですね。つまりギュリオ少年に御褒美の《焼きりんご》をくれたのは、この池田さんだったんです。それにしても絶妙ですよ。――と、いくらいっても、今の子供には、ありがたみが分からない。残念です。《しかし、昔の翻訳者というのは凄いな》と思っていたら、去年の夏のことです。あるエッセーを読んでいたら、そこに、《池田宣政（南《みなみ》洋《よう》一郎《いちろう》）》と書いてあった」

一部の人にどよめきがあった。美希の近くの席の、マスクをした小柄な編集者らしい女性など、わっとばかりにのけぞり、手を拍《う》っている。

4

先生は続ける。

「南洋一郎はいわずと知れた『怪盗ルパン』シリーズの翻訳者。わたしの通った小学校の図書館にも置いてありました。これは嬉しかったですね。次々に借りました。すっかり、ルパン・ファンになりました。南洋一郎は、あまりに自由に訳したので、認めない人は《やり過ぎだ》と首を横に振り、ほめる人は《原作より面白い》と喜んだ。《そうか、池田宣政の正体は、あの南洋一郎だったのか！》。――これはわたしにとって意外な犯人でした。そして肝心なのは、ただ意外なのではない。納得出来るのです。《あの人ならやるだろう》と腑に落ちた。これが大事なところです」

先生は会場を見渡し、

「長生きすると、謎とも分からずに抱えていた謎が、こうして解けることがある。本と共に、六十年以上、暮らして来たおかげです。本の中には、いろいろな答えが潜んでいる。そして今日は、こんな素晴らしい賞までいただけました。――本たちから《今まで飽きることなく、よく読んで来たね》といってご褒美がもらえたような気がします」

最後に先生は、選考委員や関係の方々への御礼をいって挨拶を終えた。

パーティになると、あちらにもこちらにも知った顔がいる。『小説文宝』の新人賞をとった若手の方もいたし、その時の選考委員の先生もいた。担当している他の作家さんとも会った。人の波の中を泳ぐように右に左に挨拶し、何とか川本先生のところにたどり着く。

先生とご家族にはテーブルと椅子が用意されている。しかし、お祝いの言葉をいう人が列を作っている。川本先生は、ほぼ立ち通しだ。

筏が、

「南洋一郎の『ルパン』は、僕も愛読しました」

「ああ、そうですか」

世代を越えての繋がりだ。

「僕、丈一郎というんです。名前が、ちょっと似てます」

「なるほど」

「もうひとつの名前が、池田とは知りませんでした」

名字は、イケダとイカダで一音違い。縁があるのかも知れない。

「少年小説の書き手として、有名らしい。わたしは、そっちにうといんでね」

何事に関しても勉強好きな筏は、翌日、美希にいった。

「三一書房の『少年小説大系』に『南洋一郎・池田宣政集』というのがあるんですね」

「資料室にあった？」

「残念ながら、ありません。うちは児童文学は強くないんで」

「そういえばそうね」

「ネット情報ですけど、すぐに出て来ました。川本先生も、この本、見てたら、早く謎が解けたんでしょうね」

その川本先生が近県で行うトークショーに、美希が同道することになった。文宝出版に依頼が来てまとまった催しなのである。先生の近著も会場で販売し、サイン会も行う。

三月末、温かい日々が続き、もう春か、と安心していると、思い出したように冷えがぶり返す。当日の日曜日は、その寒い方に当たった。先生は、濃緑色のタートルに茶系のジャケット。

「授賞式のお話、面白かったです。先生のトークを聴くのが楽しみです」

「期待されても困る。だが、林家彦六《はやしやひころく》も、《噺家《はなしか》ってえものは、六十を過ぎないと本物じゃあない》といっている。まあ、亀の甲より年の劫《こう》だ」

——噺家じゃないですよ、先生は。

と思う美希であった。

しかしながら、独演会にはならない。先生のトークはいつも、聞き手を用意してもらって一緒に壇上に上がり、会話の形で進められる。

美希は会場に届いている本を確認し、販売の様子を見た。開演時間になると、係の方が、

「こちらは、わたし達でやりますから、どうぞ、中でお聴きください」

といってくれる。ありがたい。お言葉に甘えて、近くのドアから入り、空いている席に座る。

主催者側の挨拶が始まっていた。それからトークになる。事実と創作という話題になったところで、先生がいった。

「思い出しました、なるほど、と思った話を——」

さて、何だろう。

「——昔、自動車関係の雑誌の投書欄に載っていたんです。もう十年以上前のことだ。

書いた方のお名前を、残念ながら記憶していない。どなたといえないのが申し訳ないが、ちょっと紹介させて下さい。投書したのは、共働きの奥さん。会社から帰ったら、旦那さんが烈火のごとく怒ってる。《どうしたの?》って聞いたら、こぶしを振りながら、《いや、世の中にはひどい奴がいる。今日、会社の駐車場で当て逃げされた》。《どういうこと?》とさらに聞く。《いや、帰ろうと思って、駐車場に来たら、車の前のバンパーが見事にへこんでる。ぶつけられたんだ》《へええ》《いっくら何でも、同じ会社の奴じゃないだろう。気がとがめるだろうからな。きっと外から来た車なんだ。うーむ、うーむ》と唸《うな》っている」

5

その日の夜、美希は久しぶりで中野の実家に顔を出した。

秋から春の、父の定位置、掘り炬燵《ごたつ》のところに行くと、

「――お帰り」

嬉しそうに声をかけてくれたが、何とも珍妙な格好をしている。

セーターに腕だけ通したところで、ストップをかけられたように止まっているのだ。セーター本体は、胸から腹の前にだらりと垂れている。もう一人の父が、そこでうなだれているようだ。

「どうしたのよ」

「うん。これから被って頭を通すというところで――面倒になってね」

　落語の師匠のように年と共に話がうまくなるならいい。だが、動くのが億劫《おっくう》になるのでは困る。

「それは重症ね」

「ちょっと待て。掛け声をかけるから」

　父は意を決し、《えいやっ》といってセーターに頭を通した。夜になり、肌寒くなったので一枚重ね着したのだ。

　母が、台所の方から、

「お父さん、二月に人間ドックに行ったの。そしたら、尿酸値が高いんで、再検査になったのよ」

「あ。――そうだったの」

「そうしたら、今度の方が、さらに高くなっちゃってね」

　父は、弁解するように、

「いや、尿酸値の再検査……っていうのがよく分からなくてさ。前以て、電話して確めた。《検尿とかするんですか》って。それだったら、直前にトイレに行かない方がいいんだろう？　……ところが、《別に、そんなことはありません》というんで、安心してしまった。《だったら、力を付けて行こう》と思って、昼に鰻丼を食べて行った」

「土用の丑の日の発想ね」

「日本人だからな。そうしたら、血を採られて、《また、値が上がってます》というんだ。どうも、あの……鰻丼がいけなかったんじゃないか。鰻のぼりというからなあ」

後悔の思いが顔に表れている。

いろいろなことを知っている父だが、実生活で大事なことには弱いのだ。

「お薬、もらった？」

母が、代わりに答える。

「ええ。一昨日から、飲み始めてる」

「お医者さんのいうこと、よく聞くのよ」

父は、首をちょこんと突き出すようにして、しおらしく頷《うなず》く。

6

お風呂に入って、さっぱりし、パジャマに着替えたところで、炬燵の父の前に座る。

今日来たのには、わけがある。

おみやげの《話》があるのだ。

「ねえ、あたしの担当してる作家さんに、川本先生って方がいるんだけど――」

と、切り出した。

「うん？」

と、応じる父。美希はまず、この間の授賞式での先生のスピーチについて、語った。

「ほほお、なるほど」

「池田宣政と南洋一郎で一巻になってる本もあるらしいの」

「そりゃあ、『一人三人全集』みたいだな」

「何それ」

「長谷川《はせがわ》海太郎《かいたろう》という人がいた。三つのペンネームを使った。林不忘《はやしふぼう》、谷譲次《たにじょうじ》、牧逸馬《まきいつま》。そのどれもで、売れる本を書いた」

「ああ、聞いたことある。――『丹下左膳』の作者だっけ？」

父は頷き、

「そうだ。他にもいろいろある。そこで、三人分の作品を収めた『一人三人全集』なんてのが出た」

「ふうん」

「昔は特に、いろんなペンネームを使う人がいたからな」

そのままにしておくと、豆知識を聞かされそうだ。

「お父さんは、この《池田は南》というの知ってた？」

「う。……南洋一郎の『ルパン』は、お父さんも読んだな……」

と曖昧な表情をする。負けず嫌いだ。美希は深追いせず、次にトークショーでの話題に移った。

当て逃げされた旦那さんが、怒髪天《どはつてん》を衝《つ》く状態になっていた――というところまで来た。

さて、これからが面白いところだ。

美希は、にんまりしながら次に進もうとした。ところが父の顔が、明るい火が灯ったようになっている。座椅子から、ぐっと身を起こし、

「待て待て――」

美希は、途中でコースに妨害者が出て来たランナーのような表情になり、

「何よ」

「蕎麦《そば》茶でもいれてくれ。ゆっくり楽しもう」

「ほ?」

父は、妙な手つきをしながら、

「それはつまり、――《縦か横か》という問題だろう」

よく見ると、右の手と左の手を、並べたり前後にしたりしている。

「何のこと?」

「お前には、分かってるはずだ」

どういうことだろう。ともあれ、父が元気になったのは嬉しい。湯上がりで、体が水分を欲していたところでもある。美希は立ち上がって、蕎麦茶をいれにかかった。

ヤカンの湯がしゅんしゅん沸き出したところで、気がついた。ガス台の前でいう。

「あ、そうか。——なるほどね、確かに《縦か横か》だ」

父が炬燵の方から応じる。

「だろう？ そして答えは——《縦》だ」

「《縦》よ」

声が重なった。いい当てられてしまった。何だか悔しい。

父は満足げに、

「そのはずだ。でなかったら、話にならない」

7

美希は、自分と父の前に、蕎麦茶の茶碗を置く。白い湯気が立つ。

父は、香りのいい茶碗を手にすると、

「熱いな」

と、ふうふうする。

「どうして分かったの？」

「そりゃあミコが、どういう順序で、何を話したか。それを考えれば分かる」

「そうかなあ？」

「うん。まず最初の南洋一郎の件。先生は《意外な犯人》といった。――《意外な犯人》とは何か。《意》の《外》にいる犯人だ。つまり、容疑者が何人かいて、その中の誰かだったら意外ではない。《意》の《内》なんだからな」

「うん」

「《南洋一郎事件》の場合は、どうか。翻訳者は星の数ほどいる。手掛かりのない段階で、その全てを《容疑者》として考えるのは無理だ。《池田宣政》の正体が、聞いたこともない凸山凸助《でこやまでこすけ》さんだったら、《ああ、そうですか》で終わりだ。意外でも何でもない」

「まあねえ」

「知っている《南洋一郎》だったから、そして彼とは思っていなかったから、《そうか、あの人だったのか！》という驚きが生まれたわけだ」

「それはそうだね」

「ミコは、これに続けて、《当て逃げ事件》の話に入った。要するに、これも――《意外な犯人》だった。それを話したくて、ここまで意気揚々とやって来た。どうだ。――そう考えるのが、自然だろう？」

「う……」

読まれている。

「この場合、旦那さんのいう通り、会社に来た第三者が犯人だったら、納得は出来るが何の意外感もない。面白くも何ともない。犯人は、容疑の外にいて、しかし、話に登場する人物でなければならない。それが《意外な犯人》の条件だ。となれば、犯人の可能性があるのはただ一人」

父は、容疑者を集めて語る名探偵のように断じた。

「――《奥さん》だ」

8

「確かに……そうなるよねえ」

美希がうなると、父は悠々と蕎麦茶を口に含み、

「――うまい」

幸せそうだ。味わったところで、続ける。

「――ということは、そのお宅に車が二台ある。旦那のと奥さんのだ。共働きだから、不思議はない」

「でも奥さんが、職場から抜け出して旦那さんの会社に出掛けて行き、ぶつけて来た――なんてはずはないでしょ？」

「そりゃそうだ。――だから、旦那の頭の容疑者リストに《奥さん》はいない。完全に除外されてる」

「うん」

「しかし、今の話を聞くと、旦那の方が先にうちに帰ってる。要するに、奥さんの職場の方が遠い」

「一概にそうもいえない。——飲み会だったかも知れない」

「飲み会なら、車で帰らないだろう。今は、車を使っている——というのが前提だ」

「うむむ」

「そう仮定する。共に車で通勤。奥さんの方が遠い。だとしたら、先にうちを出るのも奥さんの方だろう。そこで、《縦か横か》が問題になる」

「駐車位置ね」

「そうだ。スペースの関係で、縦に二台停めてある。先に出る奥さんの車が前だ。朝はあれこれ忙しい。もう時間だ——と奥さんが、飛び出して来る」

「ありそうなことね」

「ところが、あせってギアを間違えた。バックに入れてアクセルを踏んだ。当然、後ろの旦那の車に——どん！」

「見て来たようね」

「《あちゃー、しまったー》」

「そのいい方は、古めかしいよ」

父は構わず、

「何はともあれ、急いでいる。《謝るのは後で》と、出てしまった」

「遅れそうなら、そうなるわね。相手は家族なんだから」

「旦那さんはといえば、のんきにトーストかなんか食べ、新聞片手にコーヒー飲んでる」

これまた、見て来たようだ。平和な朝の情景である。話は続く。

「——時間になる。《さて、そろそろ行くか》と立ち上がる。玄関を出ると目の前に車がある。前がどうなってるかなど確認せず、いつものように乗り込んで出発。会社の駐車場に停めた時も、外に出るとドアをバタン。後ろなど振り向かず、仕事に向かった」

「あり得る」

「ところが、仕事を終えて戻って来た時は違う。嫌でも前が見える。当人は、《朝は何でもなかった》と思い込んでいる。《駐車中にやられた！》としか考えられない。——どうだ」

美希は素直に感服して、

「その通りよ」

先生が話した投書の内容は、まさにそれだった。日常生活の中の《意外な犯人》の、見事な実例だ。

「旦那はうちに帰って、犯人のはずがない女房相手に怒りをぶちまけたわけだ」

美希は頷きながら、

「十年以上前――っていうのがポイントね。今だったら奥さん、職場に着いたところで、まず旦那にメール入れるだろうからね。《ごめんなさい》って」

「あまりに忙しかったり、《お詫びは面と向かっていいたい》と思ったり、三歩歩くと何事も忘れるタイプだったら、今でも起こるぞ。――自慢じゃないが父さんは最近、その最後のタイプだ」

美希は、首を振り、

「全く自慢にならないよ」

「《忘却とは忘れ去ることなり。忘れ得ずして忘却を誓う心の悲しさよ》」

「何それ？」

「『君の名は』だ。昔聞いたことは、よく覚えている。《君の名は――とたずねし人あり。我は答えず、七年《ななとせ》たちぬ》」

「まあ、それはそれとして、《意外な犯人》の話が続いたから、お父さんに話して、面白がってもらおうと思ったわけよ」

「面白かったよ」

「まさか、全部読まれて、《縦か横か》といわれるとはね」

父は、飲み切った茶碗を置き、

「まだ終わりじゃない。二択問題なら、最後にもうひとつ残るぞ」

「何？」

美希が、首をかしげる。

「奥さんが、真相を明かすかどうかだ。車の後ろがへこんでいても、毎日、先に出れば旦那に見られない。適当なところで修理屋に行けば、口をぬぐってすむかも知れない」

「ああ……」

完全犯罪だ。

「その奥さんはどうしたんだ？」

「旦那の怒り方があんまりひどいんで、どうしたものか迷ってたんじゃないかな。そこで投書した」

「ミコならどうする」

「あたしはいうわよ」

と、胸を張る。

「正直者か」

「っていうか、真相が分かった時の、亭主の顔を見てやりたいじゃない」

「うーん、そう来たか。さすがは体育会系だ」

美希は、ひとつ玩具《おもちゃ》をもらったような気になり、

「でも、この二択も面白いわね。性格検査になるかも。会社に行ったら、皆に聞いてみよう」

百合原ゆかりなら《知らないにゃん》と隠しおおせてしまいそうだ。八島和歌子はど

うだろう。同僚女子達の顔を思い浮かべていたら、お風呂の方で音がした。

母が出たようだ。父がぐずぐずしているので、先にすませたのだ。

父は頷きながら、

「お母さんは、いうタイプだな」

「あら、——甘いのね」

「おいおい」

何にも知らない母が顔を出して、

「空きましたよ」

といった。

自宅の当て逃げの件は、十年以上前の雑誌の投書欄にありました。
何の雑誌に載った、どなたの投書か、見つけ出すことが出来ず、
明記できませんでした。

水源地はどこか

1

怪談界にも、スターはいる。

幽霊なら大昔は、足がなくて宙に浮かび、前に軽く上げた手首をカクンと折っているのが定番である。さらに、

——うらめしやー。

と、分かりやすい合言葉をいえば、打てば響くように、

——あ、幽霊さんですね。

と、認識してもらえる。

しかしながら、これでロンドンの目抜き通りに立っても（立ってないけど）、どういう存在なのか、理解してはもらえないだろう。文化が違う。

——何のコスプレ？

と突っ込まれる。アイデンティティの崩壊をまぬがれようと、

——ほら。この手首、見てよ。

わざとらしく振り、注意をうながしても、

――分かった！　ピーターラビットだっ。

と、ニンジンを渡されるかも知れない。

西は西、東は東。日本では、問題なく分かってもらえる。

幽霊だけではない。他にも現代では、いわゆる妖怪変化《へんげ》が親しみやすいものになっている。水木《みずき》しげる先生のおかげである。一反《いったん》もめんや子泣き爺《じじい》など、かつては全国区ではなかったろう。

では、座敷わらし――は、どうだろう。東北に限らず、かなりの知名度があるのではないか。この人（人じゃないけど）なども、怪談界のスターといっていい。

それがいる家は豊かになるそうだ。ありがたいことだ。出版不況の折りから、文宝《ぶんぽう》出版に現れたら、喜ぶべきだろう。

出方はいろいろあるようだ。

田川美希《たがわみき》の知る限りでは、いたのが何人かなのに、いつの間にか一人、人数が増えている。それなのに、どの子が加わったのかどうしても分からない……などというのがある。

美希のいる『小説文宝』編集部は総計六名。校了も近い。ゴールの見える時期ということで、編集長以下、全員揃って遅くまで残り、ルビやページ数を入れたり、それぞれの担当以外のゲラを回し、問題がないか確認している。

九時を回っていた。もう誰かが訪ねて来る時刻ではない。出版部の人間の姿はない。雑誌でも、校了時期の違う『別冊文宝』の面々もいない。七階だから、窓の外を通る車の音もない。

通ったら怖い。

建物の中は静まり返っている。ただ美希達『小説文宝』編集部が、ゆらりと春の夜の空に浮き、ここだけ時が動いているような気にもなる。

――というのは、少し前の状況だった。今は、人数が――七人になっている。誰か来る筈《はず》のない時間なのに、怪談のように一人増えている。

いかにも座敷わらし的だ。しかしこの場合、増えたのが誰かは、はっきりしている。

七人目は華のある作家さん。作品も大きな評価を受けている方だ。雑誌の担当が美希で、大きな賞を取った時のサイン会では、美希が付き添った。

当日の様子は、他社の週刊誌のグラビアにも載った。時の人だった。話題になるのは嬉しかった。だが盛況を伝えた写真のコメントには、《脇には女性ガードマンが付き、油断なく警戒の目を……》と書かれていた。

眼光鋭く辺りに気を配り、警護の者と誤解されたのは美希である。編集者には見えなかったらしい。

「予測で書くなよ。ちゃんと裏を取れ」

と、こぶしを握り締めた美希だった。

それにしてもこんな時間に、なぜ女性作家が文宝ビル七階に、ふわりと現れたか。

2

それはすぐ下の六階で、缶詰になっていたからだ。書き下ろしの原稿の追い込みにかかっている。

そのための執筆室が二部屋並んでいる。集中して書いていただくため、ベッドもトイレもシャワーも完備している。文宝ホテルだ。帝国ホテルに行かれるよりは、安上がりですむ。それなりに居心地がよかったのか、昔はほとんど住んでいた方もいたそうだ。神話の時代も終わり、今はさすがに、そんな人はいない。せいぜい、一週間の滞在になる。

缶詰――というと、《にされる》という感じがあるが、実のところは作家さんの方から望む場合が多い。外界の雑音を遮断して仕事をするために泊まるのだ。何より、

――執筆室に入っている。

ことで、心理的に自分を追い込むわけだ。

要するに夏休みの宿題のある小学生を八月三十一日に連れて行くタイムマシンのようなものだ。

机の前の窓は広く、明るい。環境としてはいい。だが、日が落ち世界が暗くなると、

落ち着くが、寂しくもなる。

ただの一服なら、部屋でも出来る。だが、壁ばかりではなく人の顔を見て気分転換したくなる。それが人情というものだ。

出版部の担当が、日に何回か顔を出し、差し入れなど持って部屋に行く。夕食は外に出る人も多いが、この作家さんの場合は、

——集中したい。

と、部屋で食べる。原稿優良児だ。念のためにいうと、健康優良児の洒落《しゃれ》である。お好みは、出前のある釜飯だ。『小説文宝』でまとめて注文し、届いたら美希が持って部屋に行く。

そこで今度は、食べ終わった盆をさげつつ、美希の顔を見に来たわけだ。

美希は立ち上がり、

「お茶にしますか？」

コーヒーよりお茶派の作家さんだった。一緒に、ウォーターサーバーの方に行く。無論、お湯も出る。

作家さんは、上体を反《そ》らし、エキスパンダーを引くように腕を動かし、肩を開く。

「進んだ……わよ」

「嬉しいですね」

「でもね、煮詰まっちゃっても困るけど、走り過ぎるとそれはそれで気になるから」

書くにも、それぞれのペースがある。

「ええと、アール・グレイ、セイロン、レディ グレイ、プリンス・オブ・ウェールズ、ダージリン、それから焙《ほう》じ茶に緑茶。――どれがいいですか」

これだけ並べると豪華そうだが、要するに、引き出しに入っていたティーバッグの詰め合わせ紙箱を持って来たのだ。

「じゃあ、レディ グレイ」

紙コップもあるけれど、それも味気無い。予備のカップぐらいはある。

編集長の丸山《まるやま》も、茶碗片手に、

「――お相伴《しょうばん》」

と、やって来る。

立ったまま、缶詰にまつわる武勇伝の話になる。

丸山が、中指でちょんと眼鏡を上げ、

「ある作家さんがホテルに缶詰になった。ところが毎日、外に出て豪遊。一向に書く気配がない。担当編集者は青くなった。タイムリミットが刻々と近づく」

「おお、サスペンスですねえ」

と美希。ひとごとだからいえる。当事者となったら、胃がキリキリ痛むだろう。作家さんが、首をかしげて、

「で、どうなったんです？」

「そこはプロだから、最後にとんでもない勢いで書いて間に合わせた――と、思うでしょ？」

「ええ」

そうでないと話にならない。

「違うんだなあ。結局、――一字も書かなかった」

と、丸山はにんまりする。

「落としたんですか？」

書けなかった――という意味だ。許されることではない。美希が、

「それじゃあ、そいつ、ただの人でなしじゃないですか」

と、編集者を代表して眉を寄せる。

「ところが、原稿は間に合わせた」

それでは、密室なのに中で人が殺されていたようなものではないか。いわゆる、不可能状況だ。

3

作家さんが名探偵となり、答えを出した。

「その方、前もって……全部、書いておいたんじゃないですか」

言葉は《ぜーんぶ》と発音された。あっと驚く。

「正解です。最後に原稿の束を取り出して、ぽんと渡した」

「……それで、余裕綽々《よゆうしやくしやく》、接待受けてたわけですか」

「そういうわけです」

缶詰の必要など、なかったわけだ。編集者からすれば、

――俺の胃の痛みをどうしてくれる。

といいたいところだ。ところが、作家さんは、

「……いいなあ」

「いいですかあ？」

と、美希は抗議する。

「そりゃそうよ。今、必死で書いてる身としたらひとつの理想ね。――島流しされて荒涼たる月を見るのはいただけないけど、島流しごっこをして《おお、月よ》と声を上げるのは風流だわ」

「ほ？」

――《缶詰ごっこ》なら、いいのになあ。

ということか。

「これから部屋に戻ると、完成原稿が机の上にあったらなあ。そうなったら嬉しい」

そうはなるまい、問屋がおろすまい。作家さんは、紅茶を啜《すす》り、

「――書くのが早い方は、ひと晩で大変な量をこなすんでしょうね」

丸山が頷《うなず》き、

「伝説的な仕事をしたのが、笹沢左保《ささざわさほ》先生。締め切りが迫ると、寝ずに書いた。普通にやってると寝ちゃうから、立って書いた」

壮絶な話だ。途中で膝が、かくんと折れてしまいそうだ。丸山は、美希に向かい、

「笹沢先生。――『木枯《こが》らし紋次郎《もんじろう》』、知ってるか？」

「あの――楊枝《ようじ》くわえた人でしょう」

「よく知ってるな。――田川が生まれる前のヒット作だぞ。その昔は、桂米朝《かつらべいちょう》が《トウガラシ紋次郎》と洒落をいうぐらい流行《はや》った」

美希の脳裏を、『週刊文宝』の編集者、八島和歌子《やしまわかこ》の好きなトウガラシのピリピリするペペロンチーノがよぎった。

「知ってますよ。テレビの再放送、何度もありましたから」

時を越えるドラマ――というのは存在する。美希がまだ学生の頃、テレビを見ていたら、地方からのレポートで『仮面の忍者赤影』という大昔のドラマの話題になった。女性キャスターが、機嫌よさそうに、

「あ、観てましたっ」

レポートになり、昭和何年のドラマと語られた。その頃、観ていたのなら、かなりの年齢になってしまう。画面がスタジオに切り替わったら、女性キャスターが怖い顔をし

ている。脇に立った男性キャスターが、おずおずと、

「えー、何とかさんは、後年の——再放送でご覧になったそうです」

レポート放映の間に、《何よ、この展開。ちゃんといってよ》という、やり取りがあったのだろう。

作家さんが、

「『木枯し紋次郎』なら、現役です。今もBSでやってますよ。《あっしには、かかわりのねえこってござんす》って」

「へえ、本当ですか。不滅なんだ。大変なもんですね。——とにかく、子供でも知ってるぐらい人気があったんです。——推理小説が沈滞していた頃、何とかしたいと、ある専門誌が企画された。新雑誌となれば、創刊号に目玉が欲しい。当時、大流行作家だった笹沢先生の新作が載せられたら申し分ない。同人誌的なものになるんで、普通は無理。ところが先生は、雑誌の趣旨に賛同」

丸山は自分の焙じ茶を啜り、一拍置いて気を持たせる。

「どうしたんです？」

「月に千枚も書いてるんじゃないかと噂された先生が何と、書き下ろし長編を渡してくれた。——三百五十枚。しかも、原稿料なしで、ですよ」

信じられない。作家さんも驚き、

「次々と締め切りがやって来る中で、そんなこと。普通、出来ませんよね……」

「合間に、ひたすら筆を走らせてたんでしょう。笹沢先生は集中する方で、筆を執《と》ったら、机の脇で阿波踊りやっていても耳に入らず書いたそうですよ」

　踊る阿呆に書く先生だ。美希は思わず手を合わせ、

「ありがたい方ですねえ。拝んじゃいます。ただ者じゃない――昔の流行作家というのは、何だか時代劇の剣豪か、恐竜みたいです」

　その二つは随分違う。恐竜ササザウルス。しかし丸山は、すんなり受け止め、

「そうだよなあ」

　と宙を見て、感慨深く、

「――大物といえば、何といっても松本清張《まつもとせいちょう》先生だ。質でも量でも、あれだけの作品を残したんだから、うーん、確かに人間ばなれしてるよなあ」

4

　翌日のことである。

　八島和歌子が、ドラえもんブルーのコットンニットに水色のワイドパンツで現れた。さわやかである。

　同期の百合原《ゆりはら》ゆかりに、ごく当たり前に、こういった。

「そういえば、奥田《おくだ》さん、来月、産休明けだけど――」

出版部の人のことである。

「うん」

「明日、総務との打ち合わせがあるんで出て来るわ」

別に驚くべき話ではない。だが、ゆかりは、

「げっ！」

といってひと足下がり、ギャングに、

――手を上げろ。

といわれたような形になる。

「どうしたの？」

「――それは大変」

「いかにもそんな感じ。分かりやすい身振り言語だけど、何なの一体？　奥田さんに、多額の借金でもしてるの」

「心理的には、そんな感じ」

意味不明。

「はあ？」

ゆかりは問題の机の前に立つ。ゆかりのそれと、通路を隔てて背中合わせだ。

「――困ったにゃん」

と机の上の段ボール箱を、猫撫《ねこな》で声を上げつつ撫でる。箱は三つ。脇には紙袋が寄り

かかり、箱の後ろには本の塔も出来ている。

和歌子は、状況を了解し、

「なーるほど」

と、腕組みする。

美希が寄って来て、

「それ、百合原さんのだったんですかあ。てっきり出版部の荷物だと思ってたんですけど」

フロアには色々な資料が溢れている。産休社員の机の上に、いつの間にか、物が増えて行くのを誰も気にしなかった。やがてそれが、当たり前の風景になってしまった。

「うーむ。妖怪《荷物増やし》のせいだったんだ」

と、八島和歌子。

「何よ。人を砂かけ婆《ばばあ》か、小豆《あずき》洗いみたいにいわないで」

美希が、

「それに匹敵する力がありますよ、百合原さんは。誰も、あれは何だ――って、いわなかったんだから。荷物を辺りになじませる魔力があるんですね」

ないところに物が増えているのだから、どうして――という疑問は湧いてしかるべきだ。謎というのは、時として、それが謎であると分からないものだ。

「奥田さんも、背中合わせに百合原がいたのが運の尽きね」

と、八島和歌子が慨嘆する。

「いやいやいや」

と、ゆかりは首を振り、

「――一瞬、置かせてもらっただけ」

「一瞬にも、いろいろあるわね」

仕事が忙しく、そんなやり取りも、少し経つと忘れてしまった美希である。

日が落ちかかり、夜食を注文する頃となる。丸山が、

「しばらく、釜飯が続いたなあ。この辺で、がつんとトンカツ弁当でも食って、力をつけたいところだ。――先生も、気分をかえたいだろう」

一番の若手が、執筆室に電話させられる。

「……あの、いつもの釜飯でよろしいでしょうか。……はあ、はい。鰻まぶしで……」

といって電話を切り、

「……釜飯でいいそうです」

丸山が、手を振り、

「そうじゃないだろ。聞き方が違うよ。俺のいいたいことはだなあ――」

かくして、今宵も暮れて行く。釜飯といっても種類が多い。二十近く、バリエーションがある。

定番は、とり釜飯に五目釜飯。炊き立て銀しゃりというのも人気がある。釜の中には

ご飯、焼き鳥やメンタイコ、漬物などもセットになっている。ポット入りの出し汁が付いているので、出し汁茶漬けにも出来る優れ物だ。色々にかえられるから、あきて困ることもない。

しかし、エネルギーを得たい丸山は同志を募り、今夜はトンカツ弁当にした。

出前の人は、エレベーターに乗って七階まで来てくれる。美希はその中から、先生の分を届けに席を立った。

そこで、ふと気がついた。

いつの間にか、産休の人の机の上が片付いている。住宅展示場の家の床のように、綺麗になっていた。

――不思議だ。

あれだけの荷物は、一体全体どこに行ったのか、フロアを見渡しても全く分からない。

――消えた……。

何とかしたのだ、ゆかりは。してしまったのだ。さすがである。その魔力に舌を巻く美希だった。

翌日、知らぬが仏の奥田ママがベビーカーを押して登場した。

「ベビーカーというのはね、和製英語なの。あちらじゃ、そうはいわないのよ」

と、出版関係者らしいことをいうママだった。たちまち、皆が取り囲む。

ゆかりは赤ちゃんに向かい、満面の笑みをたたえて手を広げ、肩を揺らし、

「可愛いでちゅねー。あ、可愛いでちゅねー」

と、愛嬌を振りまいていた。

5

校了明けには、まとまった時間が必要なことをやる。対談や座談会なども、この時期にやることが多い。

次の号では、『松本清張を語る』という対談が企画されていた。美希が担当している原島博《はらしまひろし》先生が登場する。趣味が古書店巡り。美希の父親より年上で、半世紀以上前から神保町《じんぼうちょう》を歩いている。こういう企画には、打ってつけの方だ。

その原島先生から、電話がかかって来た。

「あのねえ、清張先生の件」

「はい」

「いろいろ資料を引っ繰り返しているうちに、気になることを見つけたんだ」

「今度の対談の材料になるんですか」

「いや、ちょっと細か過ぎるんで、そこでの話題にはならないんだが……」

「はあ？」

「……田川さんは、いろんなこと調べるの得意だろう？」

原島先生が書くものは、多くの場合、戦前が舞台になる。美希が、事実関係の確認をすることもある。

「まあ、普通には出来ます」

曖昧に返事をすると、

「清張先生の『隠花《いんか》の飾《かざ》り』の中に「再春」というのが入ってる。目を通しといてくれないか。短いから、すぐ読める」

そういわれると嫌とはいえない。何より、

——何だろう？

と、気になった。

「それから、昭和三十三年の『文藝春秋』新年号に載った「春の血」という作品のコピーがほしい」

「清張先生のですね」

「うん。——詳しいことは対談の後で話すから」

天下の松本清張である。短編集『隠花の飾り』なら、幾つかの版で読める。「再春」は、こんな話だ。

——鳥見可寿子《かずこ》のペンネームで小説を書く、地方の主婦和子《かずこ》。思いがけず、相当に大きな中央の文学賞を受ける。受賞後の作品も評判がよく、他の文芸誌からも原稿依頼が来た。そのうちひとつは、権威ある雑誌からのものだった。何としてもよい作品を書きたい。だが、いいテーマが見つからない。その時、地方文化人として知られる川添菊子が、和子をやさしく励まし、去年亡くなったという友人のエピソードを話してくれる。これが、小説のヒントにならないか——というのである。まさに格好の素材だった。喜び勇んで書き上げた作が、名門誌に掲載される。
そのひと月後、次のような文芸時評が出た。

鳥見可寿子の「再春」を読んだ。言うべき言葉を知らない。これはトーマス・マンの有名な短篇「欺《あざむ》かれた女」のテーマをそのまま使っている。登場人物の名も文章もマンの小説とは違うにしても（もちろんトーマス・マンの文章が格段の上質であることはいうまでもない）、テーマをそっくり持ってきているのだから、実質的な盗用といわれても仕方があるまい。新人がまさかこんな大胆なことをするとは思わなかった。

和子は愕然とする。そんな短編があるとは、全く知らなかった。急いでトーマス・マンの全集を買って来る。
心を戦《おのの》かして読んだ。ページを繰る指先が震え、活字を逐《お》うのに焦点がよく定まらなかった。

人間の考えることである。どんなものを書いても、先例なら必ずといっていいほど、ある。評論家に、《実質的な盗用》といわれてしまった書き手の驚きと動揺が、息苦しいほど伝わって来る。それにしてもトーマス・マンの「欺かれた女」――という辺り、いかにもリアルだ。

――これ……実話じゃないの？

誰でもそう思う筈だ。清張先生の実体験だと。

とすれば、原島先生がいった「春の血」が、疑いをかけられた短編になるのだろう。「再春」の、ほぼ二十年ぐらい前、『点と線』や『眼の壁』を書き、これから大作家松本清張になろうという頃の作だ。

昔の『文藝春秋』なら簡単に見つけられる。《新春短篇小説》として目次に清張先生の名が、菊村到《きくむらいたる》、有吉佐和子《ありよしさわこ》、井上友一郎《いのうえともいちろう》、そして川端康成《かわばたやすなり》と並んで載っている。まさに、檜舞台に立ったわけだ。

コピーを用意して、当日を待った。

6

対談のお相手は関西の方だった。夕方の新幹線で帰る。遅めのお昼を食べながら、ゆるゆると話が進んだ。

原島先生は、五十年以上古書店まわりをしているから、色々な資料を持っている。『点と線』の連載が開始された『旅』が出て来たのには驚いた。日本交通公社の雑誌である。昭和三十二年の二月号。表紙の写真は、囲炉裏《いろり》に火が燃える山奥の家。縁先で、腰に獲物の雉《きじ》を下げた猟師が笑っている。特集は《有名温泉の最新ガイド》。

「ドラえもんのポケットみたいですね」

と美希がいうと、原島先生は銀髪の頭を掻き、

「いやあ、復刻版なんだ。お恥ずかしい」

別に恥ずかしくはない。

対談は無事に終わり、その後、美希は原島先生を独り占めすることが出来た。今回は、うかがうことがある。

静かにお茶を飲むことの出来る店に移り、早速、コピーをお渡しする。先生は、「春の血」と、「再春」中の鳥見可寿子の短編とを見比べ、頷いている。無論、美希もすでに当たっていた。

まず、登場人物二人の名が、良子と田恵子で全く同じだ。

可寿子が書いたという短編中に《仕合せに満ちた顔には疲労の色がみえた。幸福の結果にはちがいなかった。あまりにも多い愉しみの末か、田恵子は蒼白い顔をしていた》とあるところが、「春の血」では《顔は、しかし、疲労の色があった。無論、幸福の結果には違いなかった》《あまりに愉しみの多い末であろう、田恵子の蒼白い顔に少し腹

を立てた》となっている。清張が、二十年前の作を脇に置いて書いていることは明らかだ。

美希は、コピーを読み終えた先生に、「よく分かりましたねえ。「再春」の元がこれだって」

「たまたま見つけたんだ。対談の準備で、古い『宝石』を開いたからね」

「――『宝石』？」

「雑誌だよ。光文社のじゃあない。その前身、宝石社というところから出ていた推理小説専門誌だ。これに《ある作家の周囲》という連載があった。評論や座談会、インタビューなどによる作家研究だ。昔の作家を語る時の基本資料になる。――昭和三十八年の六月号が、清張先生の回だ」

先生は、テーブルの上にその『宝石』を置く。なるほど《松本清張特集》となっている。

「――「再春」を読んだだけでも、これは体験に基づいているのだろう――と見当が付く。となれば、《こんな意地悪なことをいった評論家は誰だろう》と思わないか？」

「思いますねえ」

「それが、この座談会で分かった」

7

「荒正人《あらまさひと》だったんだ」

「あら」

駄洒落《だじゃれ》のようになってしまった。実は原島先生もなかなかのだじゃれ好きだが、今回は真面目なやり取りが続く。それを聞く機会がない。荒正人は、労作『漱石研究年表』などで知られる文芸評論家だ。

「こういっている」

と、付箋の付いたページを開き、指で示した。荒が、清張先生について語っている。

「春の潮」というのを書いた。これは女の人の悲劇を扱ったもので、これはトーマス・マンの「欺かれた女」とよく似ているんですね。私はこれ「文芸春秋」で読んで、不思議に思ったことがあります。

「――「春の潮」というのは「春の血」の記憶違いだね。この雑誌に付いてる清張先生の著作リストを見るとすぐ分かる。昭和三十三年の新年号だというのも、このリストで分かった」

「なるほど」

「これに対し、中島河太郎《なかじまかわたろう》先生が《そうそう、東京新聞でね》と相槌《あいづち》を打っている。そこで、荒正人がこれを問題にしたのが、東京新聞だと分かる」

荒の言葉は続く。


しかしあれにしたって、数学者などは全然ほかの人が書いたものでも、すでに自分が発見したと思っていたテーマが、一月でも二月でも先に発見されていれば、手柄は次の人にいかないということがあるので、「春の潮」というのは、私は非常に印象が悪うございましてね。


「――というわけだ。思いがけない指摘に、清張先生は衝撃を受けた。二十年の時を経て、ようやく、その時の痛みについて書く気になったわけだ」

「しばらくは、思い出したくもなかったんでしょうね」

「それはそうだろう。一方で、《僕は、トーマス・マンなんか、読んでないぞっ》と叫びたくもあったろう」

「その辺の思いは、「再春」によく出てますね」

「うん。二十年経って、時に癒され、ようやく書けたわけだ。しかし、清張先生の凄いところは、《実体験》である素材を、そのまま書かなかったところにある。鬱屈した思いを、あられもなく吐き出したんじゃない。体験を入れる額縁のように、川添菊子という、その地方で知られた文化人を創造している。和子が書くことになるエピソードを教えてくれたのを、親切なその人——ということにしている。実に見事だ。清張先生らしい凄みがある」

「はい」

先生は「再春」を開いた。和子がマンの短編を読み、動転する場面だ。その《動揺の中から少しずつ疑惑が起ってきた》。

川添菊子はマンの「欺かれた女」を読んでいたのではなかろうか、という疑いだった。それを友だちの話にすりかえて自分に話したのではあるまいか。

「《それを文芸誌に発表したとき、当然にやってくる「盗用」の非難を蒙らせるためにね。——地方にいる者の、中央に出ようとする者への思いが、怖ろしい勢いで浮かび上がって来る」

いったんはこう考えたが、しかし、和子は頭を振った。いやいやそんなはずはない。あの童女のような、純真、あどけなさをもっている川添菊子にそのような邪心があるとは信じられない。

「――と、打ち消されるがね。しかし、ここによぎった暗い感情の影は、一読、忘れ難い印象を残す」

原島先生は、ハーブティを口に運び、ふっと小さく、息を吐き、

「――伊藤整《いとうせい》に『若い詩人の肖像』という自伝小説がある。その中に、北海道で教師をしながら詩を書き、上京しようとしていた時のことが出て来る。飲み会で同僚の教師に《テメエのようなもんはな、東京へ行けば、掃くほど居らあ》といわれる。そこには無論、生意気な小僧に対する抑えがたい感情があったろう。主人公は、《そうかも知れない》――と思い、声をあげて泣くんだよ。……忘れ難《がた》い場面だ」

「ああ……」

「人間というのは、感情を持つ生き物だからね。原作の「春の血」を作中作にしても、ただの回顧談では終わらせない。そういうところまで踏み込み、一瞬、心をひやりとさせる見事な物語に仕上げている。さすがは清張先生だ」

8

美希は、別のコピーを取り出し、

「わたしの方は、「春の血」に行き着く、別の道を見つけたんですよ」

「ほう？」

「清張先生に詳しい先輩に聞いたら、『隠花の飾り』については、ご自身で語っている文章があるそうなんです」

と、コピーを先生の前に置く。

「これは知らなかった」

「『松本清張全集』第二期の月報に連載された「着想ばなし」です」

その(7)の中に、こうある。


「再春」は、わたし自身の苦い経験である。まだ小倉市（現・北九州市）に居たころ、家裁調停委員の丸橋静子《まるはししずこ》さん（故人）から聞いた話を「文藝春秋」に「春の血」と題して発表したところ、トーマス・マンの「欺かれた女」をそのまま取ったといわれた。わたしは「欺かれた女」を読んでいなかった。「春の血」はわたしの小説集にも入れず、「全集」（第一期）からも削除している。


「――つまり、封印された作品ということですね」

原島先生は、『宝石』の著書リストを調べ、

「――半年後に筑摩書房から出た『装飾評伝』には、入っている。だがなるほど、それから後はほとんど本になっていないようだな」

「こっちの道から来ても「春の血」には、たどり着けます。でも、そっちの道からでないと、荒正人という名前は出て来ないですね」

「そうだねえ」

二十年を経て書かれた「再春」の和子は、どう考えたか。

よっぽどその文芸時評家に抗議しようかと思った。

しかし、文芸時評家も文壇関係者もおそらく自分のその抗議は認めないだろう。判定の困難さというよりも、先に書いた作品のほうが勝ちなのである。そして世界的な文豪と地方在住の新人という絶対的な格差がある。——トーマス・マンを読んでいなかったのが自分の無知であり不幸であった。

これで中央の文壇に出ることも、夫の東京本社転勤も挫折した。鳥見可寿子も永久に消えてしまう。——

「作家生命を断たれてしまうわけですね」

「そうなるねえ。——しかし、勿論、清張先生の位置は揺るがなかったし、荒さんとの関係も、特別に悪くはならなかったんだろう。後年、荒さんが解説を書いてる本もあるからね。——となると、この「再春」に出て来る評論家の言葉が気になる」

「はい？」

「《言うべき言葉を知らない》とか《もちろんトーマス・マンの文章が格段の上質であることはいうまでもない》とか、いかにも攻撃的じゃないか」

「小説的には、そうじゃないと具合悪いですよね」

「そうだ。この評論家は悪役だ。いかにも悪役らしくしゃべっている。となるとこの台詞《せりふ》が、清張先生の創作に見えて来る。だったら、現実の荒さんはどういったのか——気になるじゃないか」

「あ……そうですね」

清張先生の創作の筆は、どこまで及んでいるのか。

「東京新聞のコラムで有名なのが『大波小波』だ。戦前からある匿名批評だ。これじゃあないかと思った」

先生は、何冊かの本を取り出した。

「『大波小波・匿名批評にみる昭和文学史・小田切進編』。こんな本が出ている。——残念ながら抜粋だがね」

「何でも持ってるんですねえ」

「資料もあるし、分別もある」

出た。思慮分別の駄洒落である。

「——東京新聞出版局の本だ。昭和八年から始まる。匿名の書き手が使うペンネームにも、戦前には、それらしいのがある」

コピーの裏に、ペンで《田和利七》と書いた。美希は首をかしげ、

「たわ、りしち——さん？」

「タワリシチだ。ロシア語で《同志》」

「なーるほど」

「戦後になると、これがまた面白い」

《呆巣健》と書き、

「——読めるかな？」

「……《ほーすけん》？」

それでは意味をなさない。原島先生は首を振り、

「《アキレスケン》だ。正体は中村光夫《なかむらみつお》だそうだが、ほかに《ひょうたんなまず》《モビー・ディック》《ミス・ニッポン》《ソフトボイルド》《能天気》などなどを使った——らしい。花田《はなだ》清輝《きよてる》は《三文文士》《紋次郎》《アルセーヌ・リュパン》、そして今でも分かりやすい傑作として《仮面ライター》」

「うわあ」

「ひとつのペンネームを複数で使う例もあるから、単純にこれがこの人とはいえないんだがね。——さて、「春の血」が載ったのが『文藝春秋』昭和三十三年の新年号。ということは、出たのは前の年の十二月。この頃の『大波小波』を集めたのが第三巻だ。清張先生が出て来る文章を探すと、昭和三十二年の三月十七日に、《飴太郎》氏が「プロ

作家顔色なし」を書いている。清張先生が短編集『顔』で探偵作家クラブ賞を貰ったことを取り上げている」

「今の、推理作家協会賞ですね」

「そうだ。推理作家は数多い。それなのに、専門外の清張先生しか《授賞該当者が見当らないのか》――と、皮肉っている。『点と線』や『眼の壁』がベストセラーになるのが、翌三十三年。それ以前の清張先生が、まだ推理作家と思われていなかったことが分かる」

「初期は、時代小説を多く書かれていたんですよね」

原島先生は頷き、ページをめくる。

「いよいよ問題の、三十二年の暮れから三十三年の新年と読み進む」

「どきどきですね」

「ところが、――それらしいものがないんだ」

「あら」

同じ受けを繰り返してしまった。わざとではない。

「抜粋ではあるがね、清張先生の作品についての評なら興味深い。こういう本で落とされることは、ないと思うんだ」

「そうですよね。当時、注目を浴びてる作家ですからね」

「とすればコラムではなく、批評欄に載っているのだろう。気になるから、三一書房の

『荒正人著作集』も見てみた。しかし、それらしい文章はない」

「行き詰まりましたか」

「水が泡だって流れている。水は、そこの東京新聞という草むらから湧いているようだ。しかし、出所がはっきりしない。何とももどかしい。――さて、そこで相談だ」

と、原島先生は身を乗り出す。

9

「昭和三十三年の東京新聞となると、さすがに一人じゃあ、調べがつかない。天下の文宝出版ともなれば、――分かるんじゃないか」

美希は、記憶をたどり、

「確か……資料室に、マイクロフィルムがあった筈です」

「だろう、だろう。そして、田川さんは調べ物が得意。蛇《じゃ》の道は田川だ」

「――蛇《へび》ですよ」

原島先生は、構わず、

「今日、老体に鞭打って、対談に出て来たんだ。ご褒美にだね、その年の十二月と一月の東京新聞を調べてくれないか」

嫌といえる流れではない。美希自身、

——荒正人は、どういったんだろう？

と思い始めた。

ふた月といっても、実質的に当たるべきなのは十二月下旬からの記事になるだろう。それほどの負担ではない。

「いいですよ」

と美希は、にこやかに微笑んだ。

校了明けだし、対談のまとめは別の編集者がやっている。比較的、余裕がある。先生を見送ると、早速、社に戻った。まだ、明るかった。

文宝出版の資料室は三階にある。編集作業をやっていると、いつ、どんな疑問が出るか分からない。対応出来るよう、二十四時間使える。まことにありがたい。

新聞関係は、縮刷版かマイクロフィルムで、主要紙の記事を見られる。東京新聞の場合は前身の都新聞のものと合わせ、ずらりと揃っている。スチールの棚の引き出しを引くと、押すな押すなとばかりに、フィルムの紙箱が詰まっている。

《昭和32年12月》と同じく《33年1月》と書かれた箱を取り出す。箱は、手のひらに乗るぐらいの大きさだ。

それを持って、フィルムを写し出す機械に向かう。マイクロスキャナーという。画面上に、新聞の記事がスクロールされるのだ。

調べ物は嫌いではない。目指すものが見つかった瞬間の快感が好きだ。シュートがうまく決まったようなものである。さして手間はかからないと思っていた。

ところが、流れる画面の中に、なかなか目指すものが現れない。二時間以上、戦ったがよい結果が出ない。

窓の外は、すっかり暗くなっていた。

「眼と心によくないな、こりゃあ……」

闇の先に、中野の実家が見えるような気がした。校了明けでもある。帰って、上げ膳据え膳で、英気を養って来ようかと思った。

——ちやほやしてもらうのが、一番の親孝行だ。

10

たけのこご飯で歓待してもらった。

美希が来るというので、わざわざ作ってくれた。知り合いから貰ったというたけのこだ。遅くなったので一緒には食べられなかった。それでも、父も母もテーブルを囲んだ。

季節のものは、おいしい。たけのこの歯ざわりがいい。

食べながら、

「健康的なことしてる？」

と、父に聞く。父は、お茶を啜りながら、

「ああ。テレビの、その手の番組を見るようになったな。共通していうのが、歩け歩け、だ」

「お年寄りには、結局それでしょうね」

「――お年寄りか」

と、不満そうだ。

「現実を見つめないとね。で、――歩いてる？」

父は頷き、

「おかげで、今年はお母さんと一緒に、じっくり桜を見たぞ」

「少し歩くと、案外、あちらこちらで見られるのよ」

と、母。

「今の花は？」

と聞くと、

「それはツツジよ。綺麗に咲き出したわ」

美希の目にも入ってはいるのだろう。しかしながら、忙しいと心にまで見たものが届かない。そのうち季節が過ぎてしまう。

今度は父が、

「二人でウォーキングしていたら、後ろからブロロロと音が迫って来た。バイクだ。ちょうど別れ道に来ていた。《こっちには来ないだろう》といって、細い方に入った。そうしたら――ブロロロロロ」

「付いて来たのね。当てがはずれた」

「お母さんが《来たじゃない》といって、妙に嬉しそうだった」

何となく、気持ちは分かる。

食後に柏餅を出してもらい、父と差し向かいになる。荒正人問題のことを話した。これも、ひとつのおみやげだ。聞いた父は、しきりに首をひねっている。

「どうしたの」

「その話なら……遠い昔に聞いたような気がする」

「本当？　――いつ」

「その辺がおぼろなんだ。最近のことはよく忘れるけど、昔のことは覚えてるんだがなあ」

と、ピントの合わない画像を見るように、もどかしそうだ。

「リアルタイムで読んだ――とか？」

「さすがに、それはないよ。――で、そのマイクロフィルムはどうなった」

「見つからないんだよね、これが。『大波小波』にはなかった。文芸欄には――」

美希は、印刷して来た紙面を取り出し、

「――十二月二十三日に《雑誌評　◇文芸春秋（新年号）》というのがあった。《やった！》と思ったけど、小説について語られてるのは数行。評者は（D）さん。《新春短編小説特集、有吉佐和子の「残骸」こんな小説を書いていてはいけません。中でやっぱり、川端康成の「並木」が、初冬の風情を半折に描いた淡彩の名品》。――これだけ」

「きびしいな」

有吉作品への評を指すのか、荒の文章を探す困難さをいうのか、父はつぶやきつつ、顎を撫でる。

「清張先生への言及はなかった。――一月の二十一日になって、ようやく荒正人の文章が出て来た。でも、それは《新人の名に値する新人》、開高健《かいこうたけし》についてのものだった」

「ふーむ」

「十二月に出た雑誌のことなんだから、普通に考えたら、この頃までに載る筈でしょ？」

「六日のあやめ、十日の菊になってしまう――か」

あるいは、クリスマス過ぎてのクリスマスケーキ。

「見るのがマイクロフィルム――なのがつらい。縮刷版より、ずっと疲れる。ギブアップだわ。《二月までに必ず出て来る》とか、《三月までに書かれた》とか、確かな目標があればいいけどねえ。何しろ――雲をつかむようで」

父は、ボルダリングの選手のように指を動かし、

「そうか、手掛かりがあればいいのか」

と、嬉しそうに立ち上がる。

「あるの？　――手掛かり」

11

振り向いて、

「そういう時は『文藝年鑑』だろう」

あっと思う。文学界の動向を記録したものだ。各雑誌の掲載作品が載っている。

「新聞の文章まで拾ってたっけ？」

「昔はそこまで射程に入っていた筈だ」

と書庫に向かう。

「うちに『文藝年鑑』揃ってるの？」

「ノアの箱舟じゃないからな。ノミから象まで、何でもあるわけじゃない。しかし、古書店に安く積まれていた時、何冊かは買った。確率的には難しい。しかしまあ、ミコの普段の行いがよければ、めざす年のがあるだろう」

素行が問題になるとは思わなかった。そう都合よく、昭和三十三年の分があるだろうか。

実家になくても、『文藝年鑑』なら勿論、資料室に並んでいる。道筋を示してもらえただけで、十二分にありがたい。

しばらくすると、父は二冊の本を手にして戻って来た。

「こっちが、昭和八年のだ」

「それは古過ぎるよ」

「まあ、いいから見てみろ。面白いぞ」

グラビアページには《岡本綺堂《おかもときどう》氏還暦祝賀記念撮影》というのがある。時代を感じさせる。

「この頃のは、演劇や映画、ラジオドラマから講演の放送まで、いつどんなものをやったか記録されている」

なるほど、五月五日に幸田露伴《こうだろはん》が「言語と文学」、八月十八日に甲賀三郎《こうがさぶろう》が「探偵作家の見た最近の犯罪」といった具合。色々な人が色々な話をしている。タイムマシン付きのラジオがあったら聴いてみたい。

肝心の文章の方は小説から評論、随筆、詩歌、感想と幅広く拾っている。発表媒体の中には、新聞もある。

「戦後も、ある時期までは、この調子が続く。さて、求める一冊だが――」

と、父は《１９５９　昭和三十四年度》と書かれた『文藝年鑑』を手渡す。

美希は、

――行いがよくなかったか。

と、がっかりし、

「違うわよ。探してるのは、昭和三十三年の分」

父は、あわてず騒がず、

「だから、それでいいんだ」

「へ？」

「一年分まとめたのが次の年に出る」

「――あ、そうか」

「《雑誌新聞掲載作品目録》というのがあるだろう。この頃は戦前と違ったまとめ方になっている。筆者別じゃなく、新聞ごとに載っている」

東京新聞の荒正人を探す。

「あった……」

三月十八日から二十日にかけて、夕刊に「文壇外文学と読者」という文章を書いている。

「でも、おかしいな。前の年の暮れに出た新年号のことを、――何で三月に書いてるんだろう？」

だが、父は眉を寄せ、

「何だって？　もう一回いってくれ。何という題だ」

美希は、一語一語はっきりと、

「文壇・外・文学・と・読者」

父はボルダリングの指を宙に伸ばし、しっかりと何かをつかんだ。

「分かったっ！」

12

父は書庫に行き、別の本を取り出して来た。

——『推理小説への招待　荒正人・中島河太郎編』

「南北社というところから出ている。昭和三十四年刊行だ。この中に、荒正人のその文章が載っている」

「……原島先生も凄かったけど、お父さんも、何でも持ってるわね」

「簡単には負けないぞ。《怪人対巨人》だ」

「——何それ」

父は構わず、

「学生の頃、古書店で手に入れた。なかなかよく出来たガイドブックだった。繰り返し読んだものだよ。この中に——《推理小説の論争》という章がある。そこに、荒の「文壇外文学と読者」が収められている」

二ページ半だ。まず父が目を通し、続いて美希が読んだ。

なるほど結びが、こうなっている。

ところでこの作者は「春の血」（「文芸春秋」一月号）が、トーマス・マンの「欺かれた女」（一九五三年。邦訳あり）と余りにも似ていることを、何と弁解するのであろうか。

（中略）というオチは、この人の独創であろうか。これは、面白さのはるか手前の問題である。

「本当だ、これだね。――これが、問題の文章なんだ」

さすがに「再春」に書かれたように《もちろんトーマス・マンの文章が格段の上質であることはいうまでもない》などとはいっていない。あれは創作――と確認出来た。

美希は、水源地にたどりついた達成感に浸った。だが父は、眉を上げ、

「おいおい。そうあっさり納得してちゃ、いけないだろう」

「は？」

「ミコが、さっきいってた謎が、これで解けたじゃないか」

「え、――えっ？」

どういうことか。

「荒正人は、暮れの雑誌のことを、なぜ、三月になってから書いたか――だ」

「そんなこと、分かるの？」

父は美希に、結び前の文章を示した。

荒はいう。清張作品は《スリラー風の探偵小説としては、一応成功しているが、本格探偵小説としては、疑問の余地が残されている》。そして、中村真一郎《なかむらしんいちろう》によれば、清張だけが文壇での探偵小説専門家だが、

専門家ならば、つぎのような放言はできぬ。

『作品の題名を挙げることを遠慮するが、次々と無意味に殺人が行われる（それには伝説や、習俗風のものが意味ありげに絡んでいるが）小説は、クリスティーの「A・B・C殺人事件」が粉本《ふんぽん》である。この種のものが、大体の本格派の一つの傾向なのである。現在では、江戸川乱歩の「D坂殺人事件」や「心理試験」「赤い部屋」などの初期の作品に比肩する独創的なトリックを書くすぐれた作家は一人も居ない』（「芸術新潮」三月号）

これは、日本の探偵小説の歴史にたいする無知を暴露したものである。また、クリスティーなどもよく読んでいない。名前を伏せた横溝正史《よこみぞせいし》にたいする侮辱である。

13

「えーと？」

飲み込めない。

「いいかい。そこに引かれた清張の言葉は、『芸術新潮』の三月号に載った。つまり二月に出たわけだ。荒はそれを読んで激高したんだよ。十二月の『文藝春秋』で「春の血」を読んだ時は、気になったがあえて書こうとはしなかった。しかし、二月に出た『芸術新潮』を読んで、火が燃え上がったんだ。大先輩横溝正史の作品に元にした《粉本》があるなどと見当違いなことをいうのか。それなら君の「春の血」は何だ」

納得出来る。時間的にぴったりだ。

「なーるほど」

謎と解明は、百合原ゆかりが置いた荷物のように眼前にある。見過ごさず考えないと答えは出ない。

「ここで清張がいっているのは、『八つ墓村』のことだろうが、『悪魔の手毬唄』にも当てはまる。――『獄門島』では《伝説や、習俗風のものが意味ありげに絡んでいるが》というところが合わない。ちょっと待て」

といって父はまた書庫に行く。今度は、やや待たされた。台所にいた母が、新しく紅茶をいれてくれた。

やがて父が、宝島から戻って来た少年のような顔で本を抱えて来た。

「『悪魔の手毬唄』は昭和三十二年八月号の『宝石』から連載が始まっている」

「前の年ね」

「そうだ。この八月号というのが特別な号なんだ。江戸《えど》川乱歩《がわらんぽ》がここから、不振の『宝石』の立て直しに乗り出した」

「へぇー、そんなことやってたんだ」

「乱歩は、三島《みしま》由紀夫《ゆきお》などにも書かせようとした。福永武彦《ふくながたけひこ》は、玄関にいきなり乱歩が現れ原稿依頼を始めたので仰天したそうだ。戸《と》板康二《いたやすじ》も、乱歩がいたからミステリを書くようになった一人だ。勿論、清張も乱歩の射程距離に入っていた。原稿が欲しいと思っていた。当然、『宝石』を送っていたろう。そして、清張が『芸術新潮』にあの文章を寄せた頃、ついに《エドガワ　ランポズ　ミステリ　マガジン》『宝石』三月号に、清張の連載が始まった。――『悪魔の手毬唄』第七回と『ゼロの焦点』第一回が、同じ雑誌の目次に並んだ」

「うわああ」

乱歩、横溝、清張。向かい合う剣豪の姿を見るようだ。

「『八つ墓村』には《クリスティーの「Ａ・Ｂ・Ｃ殺人事件」が粉本》とはいえない独自性がある。『悪魔の手毬唄』についてならむしろ、いくつもある《童謡殺人もの》を挙げるべきなんだ」

「盗用じゃなくて童謡ね」

父は、《悪い洒落だなあ》と首を振り、

「《童謡殺人》はひとつのジャンルだ。真似をした、というようなものじゃあない。海外ミステリおなじみのそれを、日本を舞台にしてどう生かすか——という挑戦になる。横溝も、この清張の言葉が気になったんだろう。連載完結の次の号に、わざわざ「『悪魔の手毬唄』楽屋話」というエッセーを寄せている」

といって父は『探偵小説五十年』という本を見せる。

「横溝の古希に編まれた本だ。ヴァン・ダインの『僧正殺人事件』のような趣向が好きだった。《こういう思いつきというものは、たった一篇の探偵小説にしか許されないであろうと思っていたにもかかわらず》、実は童謡殺人ものは数多く書かれていた。《そうするとテーマの独創性ということについてはじぶんほど窮屈に考えなくてもよいらしいということに気がついた》。密室ものは誰か一人が書いたら、もう書けないわけじゃない。当然のことだが、これは清張に対する答えじゃないかな」

「なるほど」

「この後も、『手毬唄』がどのように生まれたか、また作中のある人物は横光利一《よこみつりいち》の短編に触発されて生まれた——などと続き、興味深いんだが、それはまた別の話だ」

「はあ」

「清張が——乱歩の初期作品のような《独創的なトリックを書くすぐれた作家は一人も居ない》といったのも、異論のあるところだろう。横溝も、鮎川哲也《あゆかわてつや》も高木彬光《たかぎあきみつ》も眼中になし、ということになってしまう」

「荒正人は、そこで、かっとなったわけね」

「どう考えてもそうだろう」

「となると、清張先生が『芸術新潮』に書かなかったら、荒正人もわざわざこんなことをいわなかった。……「春の血」も封印されず、……二十年経って「再春」が書かれることもなかった――わけね」

「三月まで文字にしなかったんだからなあ。――断言は出来ないが、口頭で《あれ、トーマス・マンに、同じのあるよ》とかいって、それですんだかも知れない」

「微妙なものねえ」

父は『推理小説への招待』を取り上げ、

「これは《推理小説の論争》という章だから、荒に対する清張の答えも載っている。「推理小説の独創性」という文章だ。《独創的なトリックを書くすぐれた作家が現在一人もいない》というのは《事実の印象を言ったまで》だし《横溝正史にたいする侮辱》というが、《あの程度の私の批評が「侮辱」であろうか》。「春の血」の件は、実際に聞いた話で《模倣ならば「文芸春秋」などに作品の発表などはしない》」

「それはそうよね」

「これは、荒正人・中島河太郎編の本だから、ここまで載せた荒は公平だ。この続きが面白い」

荒さんは私の推理小説の本の推薦文を書いて頂き（無論、広告だから額面通りには受けとらなかったが）感謝していたが、同じ本について全く反対の攻撃文が出たのにはおどろいた。否定なさるのなら、たとえ出版社から頼まれた広告文でも、お書きにならなければいいのにと思うのだが。

「《同じ本について》というのは、『点と線』や『眼の壁』の方に、《本格探偵小説としては、疑問の余地が残されている》といったことを指すのだろう。――これはまあ当然の言葉だ」

父は、今度は一冊の古い雑誌を取り出す。美希は思わず、

「あっ。『宝石』だ」

「昭和三十四年一月号『悪魔の手毬唄』の最終回が載った号だ。この号の映画欄で双葉《ふたば》十三郎《じゅうざぶろう》が、『点と線』についてこう評している。《筋書はだいたい原作どおりでダイジェストとしてはなかなか要領よくまとめられ、原作の欠点をカヴァーしているのがよろしい。たとえば原作では、東京駅のプラットフォームの見透しトリックで犯人がすぐわかってしまうのもながながもたせているが、映画ではすぐ怪しいとにらみ、ただちにアリバイ追求に乗りだすのが自然、また原作では旅行機《ママ》の利用をいかにも大きなトリックみたいに扱い、読者が気がつくよりずっとあとで気がつくのがつまらないが、映画ではすぐに気がつくのがよろしい》。これは《本格探偵小説として》は、致命的な《疑問の余地》であり《欠点》だ。

当時の『宝石』は探偵小説専門誌だったから、本格ファンによる『点と線』否定論は、投書欄にも載っている。——『点と線』の功績は、そんなことなど気にならない人達にまで読者層を広げたことにある。本格ミステリとしては失敗作だが、小説としては優れている。この号の《編集後記》で乱歩は昭和三十三年を振り返り《松本氏の新作風が圧倒的威力を持ち、純探偵作家は色あせて見えたのである》といっている。そういう年だったんだな」

そこで父は、美希の紅茶を見、

「——こっちの分はないいんだな」

「いなかったから」

と、母。父は口をとがらせながら、

「……いずれにしても、荒正人も松本清張も、この頃すでに若くはない。それでもこうしてみると、まるで青年同士の喧嘩を見るようだ。血気盛ん。——時が経ってみれば、若々しいよさがあるなあ」

14

資料室でマイクロフィルムにも当たった。問題の文章は、三回連続の「文壇外文学と読者」、その「上」に違いなかった。

原島先生とは、神保町の喫茶店で会うことにした。

現れた先生は、重そうな紙袋をさげている。今日も本を買ったらしい。

「お手間をかけたね」

「いえいえ。楽しかったです」

と美希は、問題の紙面のコピーを取り出す。読み終えた先生の前に、さらに『推理小説への招待』を出す。

読み終えた先生は、

「これはこれは……」

と驚きの声をあげる。

美希は、荒の言葉が三月になったわけについての、父の推理を話した。

原島先生は頷き、

「ああ……そうなんだろうなあ。それにしても、いろいろなことが、よくこう繋がったものだ」

「本当にそうですね」

原島先生は、しみじみと昭和三十四年の『推理小説への招待』を眺めつつ、

「お父様も、随分、本をお持ちなんだねえ」

「趣味が、先生と同じなんです。古書店巡り。うちの中は本で溢れてます。先生のことを話したら《怪人対巨人》だと言ってました」

「ほおお……」

先生は紅茶を口に運び、しばらくしていった。

「どっちが《怪人》なんだろう」

ガスコン兵はどこから来たか

1

六月。湿気というシャツを着せられたような、鬱陶しい季節になって来た。

この頃、中学バスケットボール大会の地区予選が始まる。区で勝ち抜けば、都大会に進める。

出版社員の田川美希《たがわみき》だが、大学時代の仲間に頼まれ、女子バスケの指導もしている。頼んで来たのが中学教師、同じ体育学部で砲丸投げをやっていた男だ。これが畑違いの部の顧問にさせられた。そこで、経験者の美希に、

——力を貸してくれ。

と、泣きついて来たわけだ。

あるべき指導を受け、目に見えて力のついた生徒達に頰をゆるめ、

「いやあ。プロのコーチは、さすがだね」

いわれた美希は、

「プロじゃあないよ」

バスケットボール協会公認コーチの資格は持っている。だが、それで生活しているわけではない。プロとはいえない。れっきとしたアマさんの、ボランティアだ。楽ではないが、好きな競技の身近にいられることが、何よりの報酬である。

しかしながら、いつも顔を出せるわけではない。美希は『小説文宝《ぶんぽう》』という雑誌の編集者だ。締め切り前後には、当然、忙しくなる。土日が休めるとは限らない。

明日が予選という土曜にも、練習を見てやれなかった。

マンションに帰った時は、もう時計の針は日曜を指していた。シャワーを浴びるのも億劫《おっくう》なぐらい気疲れしていて、テーブルに転がっていたテレビのリモコンを、ほとんど無意識に手に取った。立ったままでスイッチを入れる。

丁度、始まったところらしい深夜番組が、ぱっと画面に現れた。光と音が流れ、眠っていた夜の部屋が目覚めたようだった。

若いダンサー二人が、舞台の袖にいた。バレエらしい。これから出番なのだ。初々しい緊張が伝わって来る。二人は、男女のペアだ。舞台には華やかな照明が当たっている。

さあ、出ようという時、男の子がいった。

「俺が一番得意なのは、おじぎさ」

緊張をほぐそうとする洒落《しゃれ》た言葉だ。

それに対する女の子の答えを聞いて、美希は椅子を引いた。そして座り、番組に見入った。

バレエダンサーを目指す全国の若い子達がオーディションを受ける。中学高校といった年齢の子達だった。選ばれた八人が、世界一流の専門家の指導を受ける。そして迎えた、大劇場での発表の日なのだ。

2

翌日の試合は、三点差の惜敗だった。勝てる、と思っていた相手だ。

――昨日の練習に出ていたら……。

自分がもっと選手達を追い込んでおけば、勝てた。傲慢な自己過信ではない。長年の経験から、美希には分かった。敗因は、そこにある。

同時に、今そう思いながら昨日の練習に出られなかった自分が、これ以上、コーチを続けるべきではない、とも思った。自分がいるから、いない時、ゆるむところがある。

――潮時だな。

美希は、すっと眉を寄せた。蒸し暑い体育館で、寂しさという風が吹いたようだった。ひとつのことが終わる時は、いつも、こんな気持ちになる。

チームの試合が終わっても、引き上げるわけではない。それぞれの役割がある。美希にも仕事がある。黒いスラックスとグレーのウェアに着替えた。審判をやるのだ。正顧問ではないコーチでも、出来る者が出来ることをする。

生徒達も、ジャージに着替えて戻って来た。湿気でむっとする体育館の中で、ある者は得点板の係になる。またある者は、モップを手にし、選手が転んだ後の汗を拭いたりする。手の空いた者は壁際に立ち、ゲームを見ている。さりげなく泣いている三年生もいた。

そんな姿を見て、美希は顧問に囁《ささや》いた。

「勝たせたかったな」

その子達には、これが最後の大会になるのだ。がっしりした顎が頷《うなず》く。美希は、追いかけるように声を繋ぐ。

「――来たり来なかったりするコーチは、もういらないよ」

「……え？」

「あたしがいない方が、――集中して、真っすぐに指導出来るよ」

もともと、彼にバスケ経験がないから呼ばれた。しかし、美希のやり方を脇でずっと見ていたのだ。今の彼は十分、指導出来るようになっている。自分の役目は終わった。

種目は違っても、運動をやっていた者同士だ。この辺の微妙なところは、多くを語らなくても伝わる。顎が、もう一度頷いた。

予選会がすみ、体育館横の通路で簡単な反省会をやる。

二十人ほどの部員達が、顧問と美希を、二列の半円になって囲んだ。

今日を振り返る言葉があり、最後に、顧問がいう。

「……それで田川さんだけれど、今までご無理をいって面倒を見ていただいたけど、実は本大会をもって……というのはつまり、本日でコーチを退かれる」

——えっ！

という驚きの波が、子供達の上を流れる。美希は、口を開き、

「みんなと一緒に、都の大会まで行きたかったけど、残念ながら、今日でお別れになります。わたしが教えられることは教え、伝わったと思います」

と、そこまでいった時、頭にふとテレビの画面が浮かんで来た。

「——昨日、仕事を終えて、うちに帰ったらもう夜中過ぎで、何の気なしにテレビをつけたら——」

番組の説明を簡単にした。

「——ドキュメンタリーって、想像もつかないほど沢山の映像を撮るんだと思います。最終的に編集の人が、そこから画面を拾い、繋いで、わずか一時間の番組にする。——わたしがやってるのも、編集という仕事です。座談会やインタビューの録音を、文にまとめたりもする。無駄なところを落としたりもする。いいたいことを補強するために前後を入れ替えることもある。——そのテレビの番組では、一番最初に、舞台に出て行くひと組の男の子と女の子のやり取りが流れた。その場面は、本編のクライマックスでも使われた。編集の人は、ここに番組の魂があると思ったんだね。——大観衆の待つ舞台に進み出ようとしながら、男の子はいう。《俺が一番得意なのは、おじぎさ》。パートナ

ーの緊張をほぐすユーモラスな、ある意味やさしい言葉だね。それに対して、女の子は足を踏み出しながら、答えた。

——わたしの得意なのは、踊りよ」

ジャージを着た二十人の、四十の目が美希をじっと見つめていた。

「とっさに出たんだよ、その言葉が。——みんなは女の子だから分かるよね。女っていうのは、男よりずっと、男らしい」

そういって美希は、にこりと笑った。笑みを返す子もいた。すうっと、涙を流す子もいた。

「みんなも、これからコートに出る時、自分の胸にそういい聞かせてほしい。——《わたしの得意なのは、バスケよ》って」

3

翌週の日曜の夜には、子供達のお母さま方がお別れ会を開いてくれた。二次会にも当然、参加する。主役がいなくては始まらない。

美希もそれほど弱い方ではない。だが、お母さま方の中にはかなりの酒豪もいる。何より多勢に無勢だ。

「センセー。飲みましょ、飲みましょー」

教員でなくても、コーチをしていたから先生と呼ばれる。先制攻撃ならぬ先生攻撃である。倒れてはならじ――と踏みとどまり、痛飲した美希である。

これで月曜日、痛飲の結果、通院となったら洒落にならない。昨日のセンセーが、今日は作家の先生を案内して、大事な取材に回るのだ。

「田川君、何だか無表情だね」

「いえ。別に……」

「怒ってる？」

「とんでもない……」

二日酔いのつらさを押さえ込み、何とかやるべき仕事をこなす。

夕方、社に戻った頃には、

「今日は、かなりつらいです」

と、いえるようになった。本当につらい時は、口に出せない。

編集長の丸山《まるやま》が、高めの声でいった。

「体調不良でも頑張る。うん、――さすがは、体育会系だ」

いつもなら、聞き流すところだ。しかし、痛む頭に響き、カチンと来た。

「編集長。――わたしは、体育会系じゃないです。体育会です」

「ほ？」

「《系》はいりませんよ。人をそんな風にくくらないでください。誰も彼も――」本当は、《どいつもこいつも》といいたかった。「体育会の意味を取り違えてます。わたしがね、きびきび動いたり、ちょっとこいつ怖いかなと思われたりするのは、別に体育会だからじゃないですよ。《わたし》だからです。体育会は元気がいい、気が強いというのは、ピーマンをスーパーマンやバットマンの仲間だと思うような大間違いです」

「そ、そうかな」

「強豪の運動部にいて、監督のいうことは絶対、先輩は神様――なんて日を送った女子は、人のいうことに極めて柔順になりますよ。わたしの同級生なんて、軒並みそうです。

――うっ」

そこまでいったところで、美希は気分の悪さに、顔をしかめた。丸山は身を引き、

「……わかった。じゃあ、体調不良でも責任を果たす。さすがは……田川だ、と。……これでいいかな？」

美希は、

「――ハイ」

と、柔順に頷いた。

4

言葉の意味をきちんとつかむのは、なかなか難しい。

編集部での話の最中、美希が思わず、

「……《スクリーンアウト》」

とつぶやいたら、これが勿論、通じない。

大きな賞を取った新人作家を、ある出版社が完全ガードし、連絡先を教えてくれない。担当編集者の思い入れが、それだけ強い。そんな話になった時のことだ。

「ええ……？」

と、みんな首をかしげている。

「いや、バスケットでね、体を張って敵をブロックすることを、そういうんです。シュートが外れて落ちて来たボールを、敵に取られないようにする。そのプレーが《スクリーンアウト》」

「ほう」

美希は、自然に肩や手を動かしながら、

「わたしには、作家を囲うのは《スクリーンアウト》そのものに思える」

丸山が、眼鏡に手をやりつつ、

「そりゃあ、バスケの経験者にしか通じないな」

「そうですか」

百合原《ゆりはら》ゆかりが、猫っぽい目をぱちぱちさせながら、

「《フェイドアウト》っていうでしょう？」

「うん」

「だから、わたしは、スクリーンから外に出ちゃうこと、見えなくなることかと思った」

新人作家の姿が見えなくなったわけだから、そう解釈出来ないこともない。しかし、それだと《敵に取られない》という《ガード》の感じは出ない。

「うまくやられると相手は、いらいらします」

「でしょうね」

「わたしはそれで、——嚙まれたことがあります」

ゆかりは、首をひねり、

「嚙む？」

「ええ」

「……でも、ひょっとしたら、バスケットで嚙むのって……ルール違反じゃないの？」

「ひょっとしなくても、そうですよ。社会人の区民大会って、結構盛んなんです。後輩が出てる試合に、頼まれて参加しました。経験が違いますからね。こっちからしたら、ファウルにならないようにガードするぐらい、お手の物。相手のセンターが、半端じゃなくいらだった。それがずっと続きました。とうとうスクリーンアウトしたわたしの右腕を、そのセンターが、がぶりと嚙んだんです」

ゆかりは慄《ふる》えて、

「ひぇー」

丸山がいう。

「退場だろう、そんなことしたら」

「審判が見てたらね。——抗議したけど、試合が流れてて、そのまま進んじゃいました」

「で、結局、勝ったの？」

「そりゃあ、勝ちましたよ。そんな相手に負けられません。でも、——歯型くっきりでした」

ガードするのも大変ということだ。この《スクリーンアウト》は、その場限りのものになったが、一方、部内で流行り出した言葉がある。

編集部の大きな仕事に、小説文宝新人賞の選考がある。短編の賞だ。下読みの委員が、ある程度の数にしてくれたところで、編集部全員で読む。そして、最終候補となる作品を選ぶ。

その選考の席で、丸山がいったのだ。

「うーん。こいつは、《ゾクジョートケッタク》してるな」

「はあ……」

一度聞いても、よく分からない。

「ゾクジョーだよ、俗なる情。それと結託しているわけだ」

「ああ、俗情と……結託」

ちょっと考え、美希がいってみた。

「それってつまり、……俗受けを狙い過ぎてるってことですか」

「まあ、そんなところだ」

ふと口をついて出た言葉だが、重々しさが気に入ったのか、丸山はその後も何度か、

「こいつもだ。こいつも、俗情と結託してるぞ」

と、繰り返した。

流行語というのは、思いがけないところから生まれたりする。以来、

「うーん、俗情と結託して花見にでも行ってみるか」

などと、変形されて使われるようになった。そのうち、使われること自体が目的になって来た。近頃ではほとんど意味なく、《誰々さん、俗情と結託して、親子丼食べてるわよ》などといわれている。

5

「松野《まつの》一夫《かずお》の江戸川乱歩《えどがわらんぽ》が見つかったんだってさ」

と、丸山がいう。江戸川乱歩——は理解出来るが、その前が分からない。

「松野って、誰ですか」

丸山は首を振りながら、

「松野は松野。——画家だよ、画家」

「ああ……。つまり、《その人の描いた、乱歩の絵》ってことですね」

「うん。松野一夫といえば、人気雑誌『新青年』の表紙や挿絵なんかで大活躍した人だ。リアルな絵を描いてもデフォルメしたものを描いても凄い。何でもこなせた。《松野の手になる外国人は、本当に外国人に見える》といわれた」

「ああ。バタ臭さを越えて、本物になってるってことですね」

「そういうことだな。アンチリアルで描いた方の代表作が、かの『黒死館殺人事件』。超現実の物語に、版画風の独特の絵を付けた」

「……なるほど」

「鏡花本《きょうかぼん》の鏑木清方《かぶらききよかた》、橋口五葉《はしぐちごよう》、小村雪岱《こむらせったい》。永井荷風《ながいかふう》の『濹東綺譚』といえば木村荘八《きむらしょうはち》。時代小説でいえば岩田専太郎《いわたせんたろう》、石井鶴三《いしいつるぞう》。伝説的な画家は何人もいる。だがミステリ系となると松野一夫と竹中英太郎《たけなかえいたろう》が、武蔵と小次郎、杜甫《とほ》と李白《りはく》、醤油ラーメンと味噌ラーメンみたいなもんだな」

「えーと、二大巨頭ですね」

「うん。竹中の出世作は、乱歩の『陰獣』だ。ひと目見たら忘れられない。おぼろな光の中に揺れる世界を覗いたような、不思議な気分にさせられる」

「そっちも乱歩さんに繋がるんですね」

不滅の作家——というのはいるものだ。江戸川乱歩。出版不況の現代でも、その本は次々と出版されている。

丸山は、《ああ、そうだ》と頷き、

「松野の描いた肖像画が見つかったのもタイムリーだ。その絵を中心に《よみがえる乱歩》というグラビアを考えた。松野一夫、竹中英太郎と乱歩だ」

というわけで美希は、絵が見つかったという日本推理作家協会の事務局に出掛けた。発見のいきさつや、描かれた経緯について調べる。勿論、絵も見せてもらい、写真に撮って来た。ミステリ史上に残る画家が、ミステリ史上の巨人を描いたというところが値打ちだ。松野の描いた「乱歩像」は、実は二枚ある……といった話も出て来て、なかなか興味深かった。

一方、竹中英太郎の方は、書籍の編集部にいる筏丈一郎《いかだじょういちろう》が、参考書を貸してくれた。

「はい、これ」

グレゴリ青山という人の『マダムGの館　月光浴篇』というコミックだ。これが、素敵に面白い。あまりに多彩なので、ことを挿絵やデザインの方面に限っても、高畠華宵《たかばたけかしょう》、小村雪岱、山名《やまな》文夫《あやお》、竹久夢二《たけひさゆめじ》、歌川国芳《うたがわくによし》などが、次々に紹介される。そして、結び近く、登場人物達は山梨県甲府、湯村温泉郷にある竹中英太郎記念館に向かう。

美希のような初心者が、英太郎入門をするのに、まさにぴったりだ。筏に感謝しつつ、その章を読み終えページをめくると、

——第十四扉　太宰《だざい》治《おさむ》〈1〉

となっていた。

湯村温泉は、太宰ゆかりの地でもあるのだ。酒屋や銭湯、神社など、あちこちを巡った後、旅館に泊まる。

案内役の女性は、酒を浴びるように飲み、口走る。

お銚子追加ねー
あそれ
やって来たのはガスコン兵
あはは

この、《ガスコン兵》のところに矢印が引かれ、

「春の盗賊」に出てくるナゾの言葉

と注記されている。

6

「……ナゾ？」

気になってしまった。しかし、《太宰》は進めているグラビアとは無関係だ。とりあえずやるべきなのは目先の仕事である。素材自体に味があり、見ても読んでも面白いグラビアが出来た。

校了となり、時間の余裕が出来たところで、思い返す。「春の盗賊」というのは、当然、太宰の作品であろう。

「うーむ……」

と、うなって、書店に行った。

同時代の、かつての大作家の作品でも、簡単に読めないのが現状だ。ところが太宰は違う。東京の大型書店の棚を探せば、ほとんどの作が手に入る。

「春の盗賊」は文庫本の短編集の中に入っていて、簡単に買えた。

あまり期待してお読みになると、私は困るのである。これは、そんなに面白い物語で無いかも知れない。

と、始まる。

太宰お得意の一人称の語りが、延々と続く。話は、あちらこちらに酔ったように飛ぶ。

そして、書き手はいう。

次に物語る一篇も、これはフィクションである。私は、昨夜どろぼうに見舞われた。そうして、それは嘘であります。全部、嘘であります。そう断らなければならぬ私のばかばかしさ。ひとりで、くすくす笑っちゃった。

「凄いなあ……」

と、思わずいってしまった。これこれだといい、すぐ、《全部、嘘であります》と来る。読者としては、足場を奪われるようなものだ。どうしたらいいのか。

で、どろぼうの話になるかと思うと、どっこい中学生の時に見た、隣の家の火事の鮮やかな描写になってしまう。

そして、そういえば、大きな泥靴の夢を見たとなり、あれは夢のお告げだったという。《私は、諸君に警報したい。泥靴の夢を見たならば、一週間以内に必ずどろぼうが見舞うものと覚悟をするがいい》。これはまあ、《泥》から《どろ》という連想ゲームだろう。頭の中のメトロノームが、かっちんかっちんと振れているあかしである。

さらに、こう続く。

まだ、ある。なんとも意味のわからぬ、ばかげた言葉が、理由もなくひょいと口をついて出たときには、注意しなければいけない。必ず、ちかいうちにどろぼうが見舞う。私の場合、「やって来たのは、ガスコン兵。」という、なんとも意味の知れない、不思議すぎて、ばからしい言葉が、全く思いがけず、ひょいと口をついて出たのである。それも、一度や、二度では無い。むやみ矢鱈《やたら》に、場所をはばからず、ひょいひょいと発するのである。「やって来たのは、ガスコン兵。」ちっとも、なんとも、面白くない言葉である。どういう意味であるか、自分で考えてみても判明しない。

《ガスコン兵》が出て来た。

——よっ、待ってました！

という気になる。

ひょい、ひょいひょい——というこの感じは、まことによく分かる。身近な例もある。《俗情と結託》だ。あのように、流行り言葉は人に取り付く。自らの意志を越えたように飛び出して来る。繰り返される度に、その力を増して来る。

私は机に向い、ふと家郷の母に十年振りのお機嫌伺いの手紙を、書きしたためようと、突拍子もない衝動を感じた。そのときである。パリパリという、幽《かす》かな音が、窓の外から聞えて来た。たしかに、雨傘をこっそり開く音である。日没の頃から、雨が冷たく降りはじめていたのである。誰か、外に立っているにちがいない。私は躊躇《ちゅうちょ》せずに窓をあけた。たそがれ、逢魔《おうま》の時というのであろう、ややもや暗い。塀《へい》の上に、ぼんやり白いまるいものが見える。よく見ると、人の顔である。

「やって来たのは、ガスコン兵。」口癖になっていた、あの無意味な、ばからしい言葉。そいつが、まるで突然、口をついて出てしまった。

7

その夜、ガリガリと音がする。ふと目をやると、

見よ。

手。雨戸の端が小さく破られ、そこから、白い手が、女のような円い白い手が、すっと出て、ああ、雨戸の内桟を、はずそうと、まるでおいでおいでしているように、その手をゆるく泳がせている。どろぼう！　どろぼうである。どろぼうだ。いまは、疑う余地がない。私は、告白する。私は、気が遠くなりかけた。呼吸も、できぬくらいに、はっと一瞬おどろきの姿勢のままで、そのまま凝固し、定着してしまったのである。指一本うごかせない。棕櫚《しゅろ》の葉の如く、両手の指を、ぱっとひろげたまま、活人形のように、ガラス玉の眼を一ぱいに見はったきり、そよとも動かぬ。極度の恐怖感は、たしかに、突風の如き情慾を巻き起させる。それに、ちがいない。恐怖感と、情慾とは、もともと姉妹の間柄であるらしい。どうも、そうらしい。私は、そいつに

やられた。ふらふら立ち上って、雨戸に近寄り、矢庭にその手を、私の両手でひたと包み、しかも、心をこめて握りしめちゃった。つづいて、その手に頰ずりしたい夢中の衝動が巻き起って、流石《さすが》に、それは制御した。握りしめて居るうちに、雨戸の外で、かぼそい、蚊の泣くようなあわれな声がして、

「おゆるし下さい。」

名場面ではないか。

《私は、何かにつけて、めぐり合せの悪い子なのだ》といった、

「太宰屋っ！」

と、声をかけたくなる言葉を織り混ぜつつ、物語は進む。

長々しい語りの中に、さらに「　」でくくられた長い台詞が入り込み、語りと騙《かた》りの境界がさらに朦朧《もうろう》となる。地の文で自らを《太宰も、かしこいな》といっているのに、「　」の中では《僕は、偉い絵かきだから》という。「　」の中なら、まことである必要はない。第一、最初に書き手は、《全部、嘘》と宣言しているではないか。

ここにあるのは、真実と虚構の闘争だ。最後に、《結婚して、はじめて、このとき、家内をぶん殴ろうかと思った》というのは、妻が、《リアリスト》の側に立ったからである。太宰は叫ぶ。《いやだ。私ひとりでもよい。もういちど、あの野望と献身の、ロマンスの地獄に飛び込んで、くたばりたい！》と。

それはそれとして、この混沌を呼ぶ天の声のような、

「やって来たのは、ガスコン兵。」

とは——一体全体、何なのだろう。

《スクリーンアウト》は、美希が説明しなければ、どうして出て来たものか、誰にも分からなかった。

——ナゾ……。

それは、引力がある筈《はず》のこの世に宙ぶらりんで浮いているような不思議なもの、人を落ち着かなくさせるものだ。

太宰自身は、《なんとも意味のわからぬ、ばかげた言葉》といっている。しかし、作家のいうことだ。当てになるわけがない。分かっていて《わからぬ》と書いた可能性は十二分にある。

——何だ、何だ。

文庫本には解説が付いている。読んでみたが、《ガスコン兵》の《ガ》の字も出て来ない。説明されない。

開かない箱といわれれば、中を見たくなるのが人情ではないか。

丁度、調べ物があったので図書館に行った。そこで、ついでに調べてみた。しかし、答えは出て来ない。太宰治に関する事典類を見ても、何も書かれていない。

——どうしたものか……。

図書館でも分からないとなれば、行くところはひとつしかない。

8

土曜の夕方、中野の実家に行く。

午後からくずれるという予報だったが、何とか日暮れまで持ちこたえた。折畳み傘を用意していたが、こうなると、開きたくない。ぽつぽつと降り出したところを速足で歩いた。

途中の道に、色を変えるアジサイが咲いていた。

気まぐれな雨は、玄関に着いた時にはやんでいた。

「おう、よく来た、よく来た」

迎えてくれた父は、灰色のTシャツを着ている。牙を剝き出した、意地悪そうな犬の絵が黒く描かれている。

「それ、趣味なの？」

母が後ろから顔を出し、

「何でもいいのよ、お父さんは」

昔から、着るものには一切かまわない父だった。母の出すものを、受け取っては身にまとうだけだ。

向かい合って、焙《ほう》じ茶を飲む。

「どうなの、尿酸値の具合は？」

「薬がよく効くんだ。それを飲んでると、ぐっと下がる」

「よかったね」

「ところが、同僚にも同じような先生がいる。歓送迎会で隣の席になると、これが、ぐいぐい飲んでるんだ」

父は、高校教師である。

「薬じゃないやつをね」

「ああ。《大丈夫ですよ、一日ぐらい》といってる」

「一日ですむのかなあ」

「《先生が、先生のいうこと聞かないのか？》っていうと、《へへへ》と笑ってる」

「お父さんは、控えてるのね」

「うん。――こんな季節になるとビールが恋しくなるがなあ」

「我慢してるのね」

「柔順だからな」

「――あたしと同じだ」

「そうか？」

美希は答えず、用意の文庫本を渡した。父は首をかしげ、

「こんなの貸してたか？」

「あたしが持って来たのよ。これが今夜の課題」

「うん？」

「太宰の短編集」

「見れば分かる」

「その中の、『春の盗賊』っていうの、読んどいて。——あたしはお母さんの手伝いしてるから」

有無をいわせない。立ち上がって、エプロンをかける。サバの竜田揚げに、ホウレンソウの胡麻和えだ。

「じゃあ、力仕事、お願い」

美希は、力強く頷く。

「あい」

擂《す》り鉢を床に置き、動かすものかと膝で押さえる。そして、ゴリゴリと胡麻を擂り始めた。

9

夕食の時は、あれやこれやの世間話をした。途中で母が、

「おや、降り出した」

といった。耳をすますと、はっきり雨の音が聞こえた。

「涼しくなるから、閉めないでおこう」

網戸になっている。幸い風はない。

後片付けまで手伝い、今度は緑茶をいれ、問題の話を始めた。

父は文庫本を開いて、いう。

「……何だか、この、泥棒の手を握るところは、うっすら覚えていたな」

前にも読んでいたらしい。

「あそこは印象的だよね」

「で、――この話がどうかしたのか」

美希が経過を説明する。

「――というわけで、気になるのは、――ガスコン兵はどこから来たのか」

「なるほど。繰り返し、出て来るからな」

「そうなんだよ。《やって来たのは、ガスコン兵》」

「うんうん」

と、父は頷いている。

「わけが分からないだけに気になる」

父は頷くのを止め、

「わけが分からないか？」

「ほ？」

「いや。《ガスコン兵》と聞いたら、反射的にあれだと思うがな」

「あれ？」

　答えが出るのか。父は、すらりといった。

「うん。——『シラノ・ド・ベルジュラック』だ」

「『シラノ』……」

「知らないのか？」

　美希は、眉を寄せ、

「それって洒落？」

　シラノ、知らないの。

「そんなつもりは毛頭ない。世代が違うからなあ。こっちに当たり前のものが、そっちには分からない」

「うーん、聞いたことはあるなあ。確か、——鼻の大きな人だっけ」

《鼻》は昔から色々な作品に、自意識の象徴などとして登場する。

「実在の人物をモデルにして、エドモン・ロスタンが芝居にした。日本では、辰野隆《たつのゆたか》と鈴木《すずき》信太郎《しんたろう》の共訳が有名だ。——ちょっと待ってろ」

　父は書庫から、岩波文庫を一冊取り出して来る。

「これだ。最後の死の場面で、シラノは自分のことを、こういっている。哲学者で、理学者で、詩人で、剣客で、音楽家で、天界の旅行者、そして《打てば響く毒舌の名人》だと」

「マルチプレーヤーだ」

「そうなんだ、あり余る才能を持っていたが、ただひとつ、容貌に恵まれなかった」

「それが《鼻》ね」

「うん、異常に大きかった。だから、恋の道はあきらめていた。ひそかに慕うロクサーヌという女性がいたが、好きだなどとは匂わせもしない」

「そのシラノが、ガスコン兵？」

「青年隊に入っている。スペインとの戦争で、周りがばたばた倒れて行く。敵から《敵へて死守する武士《つわもの》は何者だ？》と問われ、銃弾の中に立ち、唄う。《これはこれガスコンの青年隊》——と」

「恋の方は、どうなったの？」

「仲間のクリスチャンが、《ロクサーヌが好きだ》と打ち明ける。そして、《自分には弁舌の才がない》という。そこで、シラノは彼のために恋文を書いてやる。まことの心を尽くして。それでロクサーヌはまいってしまう。クリスチャンの容姿と、シラノの言葉に」

「ロクサーヌは、気が付かないの？」

「分かる前に、クリスチャンは戦死してしまう」

「うわあ。美男の上に、記憶の美化作用まで加わるわけね」

「真実を知ったら、ロクサーヌは哀しむだろう。シラノは、本当のことなどいわない」

父は、ちょっと考える表情になってから、続ける。

「――昔、新聞の日曜版に《歌謡曲物語》というのが連載された。その中に、《愛しているが、君のために身を引く》という感覚は、外国人には分からないと書かれていた。《そういう犠牲的精神は、ごく日本的なものだ。外国人は、愛していたら突進する》というわけだ。一瞬、納得しかけて《待てよ》と思った」

「……日本だけじゃないよね」

「そうだな。代表的なのが『椿姫』だ。ヒロインは、相手のことを思って自分の恋を犠牲にする」

「『シラノ』だってそうね。だけど、――いくら何でもそのままじゃ終わらないんでしょ？」

ストレスが溜まり過ぎる。

「年月が流れる。――ロクサーヌは世を捨て尼僧になっている。シラノは小まめに、世間のニュースを知らせにやって来る。――瀕死の重傷を負った日も。そしてロクサーヌに、《クリスチャンの手紙を見せてくれ》と頼む。その手紙を読み上げるシラノ。だが、その時はもう庭に闇が落ちている。読める筈のないものを、読み上げるシラノ。ロクサーヌは、その一瞬、一切を悟る。《ほんとに、十四年の間、おどけて人を笑はせる昔馴《むかしな》染《じ》みのお友達と云ふ役を勤めていらしつたのでございますのねえ！》《違ひます！　私ではない！》《あなたでございます》《断じて私では……》」

父は、片手に文庫本を持ち、片手を挙げてポーズする。娘の目には、滑稽にしか見えない。

「……気持ち悪い」

「ここが、観客の涙を絞ったところだ。《私は永く女の優しさを知らなかつた。母は私を醜い子だと思つたのです。私には妹も無かつた。男になつてからも恋しい女の目に宿る嘲笑《あざけり》が恐ろしかつた。唯あなたがゐられたからこそ、少くとも、女の友達を一人持つ事が出来たのです。面白くもない私の生涯に、過ぎ行く女性の衣摺《きぬず》れの音を聞いたのも、全くあなたのお蔭です》」

10

「いよいよ死の迫ったシラノを、妄想の敵達が襲う。お前達は俺のものを、全部、取るつもりだな。だが奪えないものがある。俺はそいつを《神のふところに入る途《みち》すがら、はばかりながら皺一つ汚点《しみ》一つ附けずに持つて行くのだ、他でもない、そりやあ》。ロクサーヌが聞く。《それは？……》シラノが答える。《私の羽根飾《こころいき》だ》」

「ふうん」

「ここで幕。この《こころいき》が、極め付きの名訳といわれる」

「原文はどうなのかな？」

「気になったから、学生時代、調べたことがある」

「おお！」

よく手が回る。

「第二外国語がフランス語だったからな。先生に聞いたら、熱心な奴だと思って、喜んで原書を見せてくれたよ。――戯曲の途中だったら探すのは大変だ。でも、幕切れの台詞だ。最後の単語を見ればいい。確かに《羽根飾》だったよ。黄色い表紙の辞書を持ってたんだ。引いてみると《誇り》といった意味があるんだな」

「それで……《こころいき》にしたのか」

美希はそこで、テレビで見た、バレエの舞台に出ようとする女の子を思い出した。

――わたしの得意なのは、踊りよ。

そうだ。あれも《こころいき》ではないか。彼女の頭上には、――羽根飾が揺れていたのだ。

11

「みんな、この《こころいき》に捕まった。この訳で、何度も上演された。新国劇じゃあ舞台を日本に移し、『白野弁十郎』としてやった。柴田《しばた》錬三郎《れんざぶろう》も翻案して『花の十郎太』を書いた。お父さんは、子供の頃、ラジオの歌謡漫談で演《や》るのも聞いたぞ。それで、シラノとかロクサーヌとかいう名前を覚えた。——つまり昔は、子供でも知ってるくらいポピュラーだった」

「太宰の頃にも?」

「というより、昔の方が有名だったろう。辰野・鈴木版の『シラノ』は、戦前の、いわゆる円本時代、新潮社の『世界文学全集』にも入っていた。売れに売れた本だ。太宰も読めたし、読んでなくても知ってたろう。その頃の人も《ガスコン兵》といわれたら、——まず、『シラノ』を連想したと思うな」

説得されてしまう。美希は、お茶を啜《すす》り、

「その『シラノ』が、どうして、ここで出て来るのかな?」

「そりゃあ、お前。シラノってのは、しゃべりにしゃべりまくる男だ。機械仕掛けみたいに、次から次へと言葉が出て来る。——『春の盗賊』の一人称饒舌体《じょうぜつたい》を続けていたら、ふと連想して、《やって来たのは、ガスコン兵》と思うのも自然だろう」

「……女にも弱いし」

「まあ、そうだな。主人公は《白い手》にしてやられるからな」

謎の言葉にかかる《謎》の霧は、少しずつ晴れたように思える。しかし美希は、《だけどさ》と、顎を撫《な》でつつ、

「この『春の盗賊』には、色んな作家と作品が出て来るのよ。ゴールドスミスの『ウェイクフィールドの牧師』とか、プーシキンの『オネーギン』とか」

「そうだな」

「だったら、何でこの台詞だけ、意味が分からないとか不思議とかいうの。どうして、ぼかすのよ。――元が『シラノ』だって、なぜ書かないの」

父は動じない。

「意識してか、無意識にかは分からない。だが、とにかく、太宰は『シラノ・ド・ベルジュラック』とは――書きたくなかったんじゃないかな」

父の言葉が、それこそ意味が分からず、不思議なものに思えた。

「――どうして？」

父は、お茶をおいしそうに飲んで、いった。

「太宰の鼻は、顔の真ん中にすらりと通って高く――要するに、小さくはないからな」

パスは通ったのか

1

田川美希《たがわみき》は、酒も甘いものも歓迎する。

編集部で、いただき物の包みを開いたら、焼き菓子の詰め合わせだった。

「ダックワーズだ」

「ダクワーズだ」

「ダコワーズだ」

三通りの声があがった。元々はフランスのもので、店によって呼び名が違うらしい。

編集長の丸山《まるやま》が、顎を撫《な》でながら、

「ドストエフスキーとドストエーフスキーとドストイエフスキーみたいなもんだな」

出版社員らしい反応だ。《ドストイ》と聞いた美希が、

「ドスコイはないんですか」

「そりゃあ、国技館だ」

ドスコイエフスキーさんが土俵に上がっても、しこ名は日本風に付けられてしまうだ

ろう。しかし、何と呼ばれても強いものは強いし、うまいものはうまい。薔薇の香りは、呼び名では変わらない。

開けた箱の中には、色々な味のものが、十何個か入っている。

部下らしく遠慮して、まず、

「編集長、どれがいいですか？」

と聞くと、

「俺は残りものでいいよ」

美希がチョコレート味を——ショコラと書かれていたが——選ぶと、先輩の百合《ゆり》原《はら》ゆかりが、それに手を伸ばした。

「やっぱり、チョコがいいんですか？」

「違うの。……ふと今、この間見たテレビ、思い出したの。田《た》臥《ぶせ》勇太《ゆうた》のこと、やってた」

「ほ？」

バスケットボールの、日本を代表する名選手の一人だ。

「……食べ物を投げるのはいけないことと分かっています。でも突然、温泉のように湧き出た好奇心」

「何のことです？」

ゆかりは、ショコラ・ダックワーズを手に、すたすたとドアの方に向かった。何がなんだか分からない。と、突然、ゆかりの手が動き、菓子が宙を飛んだ。

「あわわわ……」

美希が手を伸ばして、それをつかむ。くるりと振り返るゆかり。

「なーるほど」

「なーるほど、じゃありませんよ。何するんですか」

ゆかりは、大きく頷《うなず》き、

「バスケの人なら、受けられるのね」

「ええ……？」と、首をかしげかけたところで、ひらめいた。「あ……、ひょっとして、ノールックパス？」

「それよ、それ」

ゴール間際、ボールを絶好の位置にいる味方に渡したい。敵は、当然、ガードする。そういう時のプレーだ。顔を別の方に向け相手の気をそらし、ボールだけ思った位置に投げる。

「田臥のノールックパス。テレビでやってましたか？」

「うん。高校生の時の映像。——神業《かみわざ》ね」

思いがけない方向に、しかし的確にボールが飛ぶ。見た目に、面白いプレーだ。

「その頃からもう、抜群の選手でしたからね」

「田川ちゃんも、あんなことやるの？」

美希は、大学でバスケの選手だった。それも、かなりの強豪校の。

「えーと、やらなくはないです。必要になる時はあります」

「投げる方も投げる方だけど、受ける方も受ける方ね」

何だか、悪いことでもしているようだ。

「互いにゴールを目指してるから、出来るんです。うまくなると肩越しに投げたり、一般人には信じられないようなことしますよ」

丸山も、身を乗り出し、

「ノールックパスなら、サッカーにもあるぞ」

編集業務でたとえたらどうなるだろう、いきなり渡される仕事——などという話になったが、しゃべりながら指を動かし、菓子の袋を切ったところで、美希はゆかりの《プレー》を思い出し、

「でも今みたいなのは、なしですよ。お菓子持って、どこか攻めてるわけじゃなし」

ゆかりは、肩をすくめて片手拝みし、

「《田川ちゃん、突然のノールックパス、受けられるのかなあ》と思って」

「虚を衝《つ》く相手は敵ですよ。味方じゃありません。あれは、パスじゃない。ただの無茶振りです」

ゆかりは、お得意の招き猫ポーズをして、

「うーん、無茶振り。許してニャン」

受け渡しは、誠実に、きちんとなされねばならない。

2

軽井沢在住の剣豪作家、有明主水《ありあけもんど》先生が作家生活二十周年を迎える。

ちなみに、有明先生が剣豪なのではない。剣豪を描くのである。非情な戦いを活写したデビュー作が、その鮮烈さで話題になったのは記憶に新しい――と、先輩達はいう。思えば、美希がまだ小学生の頃だ。

丸山がいう。

「有明先生が出て来た時、ある人がいったな。《わたしは、テーヌの言葉を思い出した》と」

「テーヌ？」

「フランスの文芸評論家だ。聞いたことないか」

「テリーヌなら、耳にしたことがあります」

口にしたことも。

丸山はスルーして、

「テーヌはいったそうだ。《道で会うなら犬がいい。しかし、動物園の檻《おり》越しに会うなら狼の方がいい》」

「そりゃそうですね」

「小説の登場人物もそうだ、ということだ」

「おー」

「《わたしは有明氏の作品の中で、多くの狼に出会った》」

そういわせる作風だった。その先生が、デビュー以来の節目の年を迎える。そこで、担当のゆかりに、おっしゃった。

――各社の編集者を招いて、バーベキューをやりたい。

――おまかせ下さい。

と、ゆかりが幹事を引き受けた。ところが、狼作家らしく、他の社の担当さんは皆、男性だった。

「田川ちゃん、ちょっと手助けしてもらえると有《あ》り難《がた》いんだけど……」

これは無茶振りではない。

「いいですよお」

と、引き受けた美希である。

それが春。夏の軽井沢は、何かと落ち着かない。九月になったらと話していたのだが、先生もお忙しく、こちらもあれやこれやとあわただしく日を送ってしまった。

参加者のスケジュールを調整して、結局、十月上旬ということになった。寒くならないうちにやらなければならないから、この辺りが限界である。

場所は、バーベキュー用の設備の整った貸し別荘。これは、先生が手配してくれた。

ゆかりが美希と二人で、必要なもののリストを作る。ネット社会の有り難さ、パソコンを覗くだけで揃えられる。

「とりあえず、調味料関係。――それから備品」

「こんなところでしょうか」

キッコーマン　いつでも新鮮塩分ひかえめ丸大豆生しょうゆ450㎖
S&B　味付塩こしょう　赤穂の天塩使用100g
味の素　オリーブオイル200g
丈夫・強力なポリ袋45ℓ（透明）10枚
ふんわり厚手ウェットティッシュ　ノンアルコールタイプ　80枚入
完封割箸　つまようじ入り　50膳
パルプボウル15㎝（400㎖）50個入
紙プレート18㎝スノーホワイト50枚入

「キッコーマン、スーパーマン、ピーマン」

と、いってみる。ゆかりが、

「世界の三大マンね」

「はい」

「昔、星新一《ほししんいち》先生が書いていたわ、世界の三大キュー」

「それは……」

「モンテスキュー、オバQ、バーベキュー。戦ったら、どれが勝つかしら」

　難しい問題だ。

「さて、紙コップはねえ、時間が経つと弱るのよ」

「……なるほど」

「こっちにしよう」

クリアカップ　275㎖8個入×3
クリアカップ　400㎖5個入×5

プラスチック製。小さいのがワイン用、大きいのがビール用だ。

　肝心の肉は、バーベキュー・セットが出ている。牛、豚、鶏が計三キロ。

「十二から十五人用ね」

　呼ぶのは、各社合わせて二十名を越えるだろう。

「足りなくなったら洒落《しゃれ》にならない」

　と、ゆかり。

「幹事の不手際ですね」

「うん。余ったら、先生に持って帰っていただく」

　冷凍庫に入れればもつだろう。三セット、頼むことにした。これだけでは味気ない。

ソーセージやケバブのセットも追加する。

「お得さ福袋級だって」

「福袋は、中、見ないとお得かどうか、分からないですけどね」

「まあ、《当たりの福袋》級ということで。——他は、ホットドッグ」

「冷凍のセットがありますよ」

「よーし」

飲み物は、《伊藤園のウーロン茶2ℓ×6本》と《ウィルキンソンタンサン500㎖×24本》。

美希は、

「わたし、何だか、ウィルキンソンサンタンサンて、いいたくなるんですよね」

舌を嚙みそうだ。

「ウィルキンソンさん——て人、思い浮かべるんじゃない」

「そうかも知れない」

この辺りは、有明先生のご負担になるので、別途文宝《ぶんぽう》出版編集部からお祝いとして、《みんなで作るロールケーキタワー五段！　全二十五種・四十二個入り》などなども注文する。

全部、会場の別荘にそのまま送れるので手間がかからない。

お酒の方は、ビールだけ地元の軽井沢高原ビールに、生ビールサーバーの配送を頼んだ。後は、各社の編集さんに、

「自分の飲みたいもの、持って来てください」

と、伝えた。人数の多い二社には、それぞれ赤ワイン、白ワインを頼み、後は自由だ。野菜は、前以て——というわけに行かない。それはまた別の話だ。

あれこれ手配した後で、ゆかりからメールが入った。

——有明先生が、お薦めの微発砲ワイン、一ダースを用意してくださるそうです。

美希は、その文字列をじっと見つめ、

——さすがは、狼。

と、うなった。無論、ゆかりの変換ミスだろう。それにしても《発砲ワイン》が面白かったのである。

3

十月初め、軽井沢の貸し別荘で、有明先生の、作家生活二十周年祝賀バーベキュー大会が行われた。

ゆかりと美希は、幹事ということで、お客様方より早い、朝の新幹線に乗った。

「それは？」

ゆかりの持っている包みを指さすと、

「焼きそばとその野菜」

「おお。端的な説明ですね」

「昨日、深夜スーパーで買ったの。――もやしは傷みやすいからねえ。わたしの心のように」

「その疑問はもやしについてか、心についてか？」

「いえその」

「そうなんですか」

「へどもどしてるな」

　窓の外を通過駅の風景が、飛ぶように流れていく。

「……細やかな心遣いで」

「いい奥さんになれるでしょ」

「はいはい」

「二つ返事だな」

「勿論です」

「たまねぎ、じゃがいも、しいたけ、などなど、メインの野菜は、有明先生が用意してくれてる」

「はい」

「あと、持って来たのはケチャップ。昨日の夜、先生からメールがあったの。《ホットドッグ用のパンが届いたけど、調味料セットにケチャップがない。大丈夫か》って。

——だから、うちにあったケチャップ、保冷バッグに入れて来たのよ。もやしと一緒に」

内心、

——行き届いてるけど、外で食べるなら、パンにソーセージ挟んだだけで十分。

と、思う美希であった。

——焼いてもらう奴は、文句いわずに、がぶりと食べりゃいいんだ。がぶりと。

新幹線は、そんな二人を乗せて、軽井沢へとひた走った。

4

「さすがに東京よりは、ひやりとするね」

と、ゆかり。寒い——というほどではないので一安心。有明先生が、車で駅まで迎えに来てくださり、十時過ぎには会場入り出来た。

先生は、野菜の他にも、お気に入りの甲州地どりを持って来てくれた。ビールサーバーを設置してもらったり、別荘の管理人さんに火をおこしてもらったり、野菜を切ったりしているうちに、パーティ気分がどんどん高まる。

参加者は編集者と、有明先生ご夫妻、山仲間、貸し別荘のオーナーさんも加わる。

「心配なのは、お天気ですね」

と、視界を覆う雲を見上げる。今年は、なかなか秋らしい高い空が見られない。次から次へと台風がやって来る。

念のため、テントは張ってあるが、何とかもってほしい。ゆかりが笑いながら、

「洋々社《ようようしゃ》の藤堂《とうどう》さん、雨男なんですよ」

今の場合、あまり笑いながらいうことではない。

「そういわれれば藤堂さん、眼鏡の似合うクールさが、雨を呼びそう」

雨垂れの伝う窓を見つめながら、虚無的に台詞《せりふ》をいったら、絵になりそうな男だった。

「大丈夫、大丈夫。うちの奥さん、最強の晴れ女だから」

乾杯が遅れるのは嫌だ。ゆかりと美希が、編集者達にメールで指示を出しておいた。一行はお昼過ぎの新幹線で到着し、タクシーに乗り合わせてやって来る。洋々社の藤堂もいる。予定通り、一時に開始出来た。

美希とゆかりは、とにかく肉焼き、野菜焼き。食欲をそそる香りが、軽井沢の空気の中を流れた。

皆、よく食べ、飲んだ。二十五本用意されていたワインが、地に吸われるように減って行く。いい感じになって来たところで、ホットドッグ作りにかかる。

パンを炭火で温め、ソーセージもこんがり焼いて挟む。ゆかりは、その間もくいくいと飲み、ほんのり頬を染めている。

「ケチャップはお好みでーす」

外で食べるものには、ある種の魔法がかかっておいしく感じるものだ。肉が続いた後のホットドッグは大人気だった。

「受けてますね」

「嬉しいよん」ゆかりはトング片手に、「ニャンニャン踊り一踊り」

「何です、それ？」

「『ニャンニャンおどり』。コロムビア、コロちゃんレコードから絶賛発売中」

「いつの話ですか」

「――よいや、まだまだ。一踊り」

藤堂が、美希の前に立つ。

――来た、雨男。

と思うと、それが聞こえたかのように、神経質そうな眉を上げ、

「何とかもちそうだね、お天気」

「あ、そうですね」

ホットドッグにケチャップを付け、ひと口食べて、

「うまい……」

真情溢れる感じだったから、

「よかったです」

すると、

「マスタードないの？」

風が、さっと吹いた。

5

――欲しかったらドトールかハンバーガー屋にでも行けばいいじゃん。

と思った美希だが、そこは大人だから、

「ありませーん」

と、微笑んだ。多少、表情が凶悪になっていたかも知れない。

「そうか……」

「セットには付いてなかったんです。ケチャップも、今朝、百合原先輩が、――わざわざ自分のうちから持って来たんですよ」

《わざわざ》を強調した。ゆかりが横から、

「そうなんですよ。マスタード必要だったら、――うちまで来てください。すみません」

と頭を下げた。

――うん。なかなか、皮肉のからしが効いてるぞ。よしよし。

と、ほくそ笑む美希だった。

雨男は、眼鏡を光らせながら引き下がって行った。

晴れ女の力が勝ったのか雨にはならなかったが、軽井沢の十月、夕暮れの訪れと共に肌寒くなって来た。貸し別荘の室内へと、一同が移って行く。

そこを見計らって、焼きそばを出した。

「ふー、お腹いっぱい。もう食べられない」

などといっていた連中が次々に手を出す。肉と炭水化物は入るところが違うようだ。

六時に中締めになった。主役の有明先生は横になって、いびきをかいている。気持ちよさそうだ。ゴーという響きに合わせ、ポンと一回だけの一本締めをした。

皆が次々と引き上げて行く。有明先生は、それでも起きない。奥様が、

「寝る子は育つわ」

という。

後片付けもし、ゆかりと美希は最終の一本前の新幹線で帰った。

有明先生は夜中に目を覚まし、手をぶんぶん振り、

「何で、俺に断りなしに帰るんだー」

と、叫んだそうだ。

奥様が、

「皆さん、散々、断っていたわよ」

と、証言してくれたらしい。

6

十月末の金曜から、神田神保町《じんぼうちょう》で、恒例の古本まつりが始まった。こちらの方も、雨は天敵だ。

美希も、本を商売にしているのだから、神保町に行くことが多い。新刊書店を回って、棚の様子などを見て来るのだが、美希が歩いた日も、あいにくの天気だった。通りに咲いているのは傘の花ばかりだ。

歩道の片側に、古本まつり名物の露店が、ずらりと並んでいる。だが、そこに人の姿はない。客が列を作る筈《はず》の本の山はブルーシートに覆われ、寒々と雨に打たれている。

一所懸命、準備した行事が、予定通り行われないのは、心身共に疲れるものだ。関係者はさぞがっかりしていることだろう。

古本まつりの賑わいといえば、時にはニュースにも取り上げられる秋の風物詩。世の中に、まだこんなに本を愛する人がいると実感出来る催しだ。心温まる思いになれる。美希にしても、そういう風景が見られないのは残念だ。

まだ古本まつりの行われている期間中に、原島博《はらしまひろし》先生と打ち合わせすることになった。松本清張《まつもとせいちょう》の件で、お世話になった。今度、エッセー集を出すのだ。指定された待ち合わせ場所は、神保町の喫茶店だった。

「三度目なんだよ」

美希より先に来ていた先生が、手を擦り合わせながらそういった。落ち着きがない。

「はい？」

美希の父より年上の先生は、銀髪の頭を振りながら、

「古本まつりさ。このところ、用があって東京に出たついでに、二回、寄ってみた。ところが、二日とも雨でね」

うち一回は、美希が来たのと同じ日だった。

「それは残念でしたね」

今更、いうまでもないが、先生は、無類の本好きなのだ。

「うん。口惜しいから、今日の打ち合わせも神保町にしたんだ。しかしねえ……」

喫茶店の窓から、外を見る。どんよりと曇り、次第に暗さを増して来る空。今にも、泣き出しそうだ。

「……地下鉄の駅から、ここまでのところは覗いて来たんだ。これから先が気になる。話の後でいいと思ったんだが、……降り出したら困る」

「はあ」

「三度目の正直と思ったのが、二度あることは……になるといけない。申し訳ないが、歩きながらの打ち合わせにしてもらって、いいかなあ？」

雨の降る前に、露店を覗きたいわけだ。

「分かりました」

先生は、子供のような現金さで、顔をぽっと明るくし、

「すまないねえ。格別、探求書もないんだが、……シートで覆われてしまうと、その下に、とんでもないお宝があるように思えて、仕方がない」

気持ちは分かる。釣り落とした魚どころか、竿さえ下ろせなかった魚なら、夢想の中でどんどん大きくなる。

打ち合わせは、《歩きながら》というより、先生が納得した後、またどこかの店に入ってすればいい。

外に出て、ちょっと歩いたところの露店に、昔の雑誌が幾山も積んであった。先生は、その目次を手早く開いては、欲しいものを選んで行く。

「それは何ですか？」

「『新青年』だよ。この号はアンケートが面白い。古川緑波《ふるかわろつぱ》が《読みものは何でも好き。活字つてものが土台好きなり》といっている。こっちは……」

《古川緑波って、どういう人です》と聞こうとしたら、それまで隣でわき目も振らず、同じ雑誌の山に取り組んでいた黒縁眼鏡の紳士が顔を上げ、

「おや。原島先生」

声を聞いて、やっと気づいたらしい。

「おう。これはこれは」

先生も応じる。知り合いなのだ。

本に向かうと、並んで漁っていても、前にしか神経が向かわない。隣にいるのが誰かも、分からなくなるらしい。おそるべし、古書マニア。

置かれているのは本や雑誌ばかりではない。珍しいところでは骨董。また、カセットテープやCD、DVDもある。

「ほう。こんなのもあるのか」

と、先生が手に取ったのは、『DOCUMENTARY　和本　―WAHON―』という、ブルーレイディスクだ。先生は、その説明を読み上げる。

「《和本を専門とする店主たちが語る『和本の世界』》《もちろん秘蔵の書籍の数々も余すところなく魅せていきます》。――よさそうじゃないか」

「そうですねえ」

よく分からないけれど、相槌を打つしかない。

7

三省堂の二階の喫茶で打ち合わせを終え、後は雑談になった。

「近頃は、古書店に復刻本がよく出る」

『吾輩は猫である』や『月に吠える』などを昔の形で読めるわけだ。

「そうなんですか」

「わたしはあれが大好きでね。若い頃は、一所懸命、集めたものだ。安くはなかった。それだけに、一冊一冊が愛おしくてならなかった」

先生は、黒糖コーヒーをひと口啜《すす》ると、

「――だから今、哀しくてならない」

「はあ……」

意味がよく分からない。

「いや。復刻本が古書店に出るということは、おそらく、それを持ってた人が――亡くなったんだろう」

「ああ……」

身にしみる秋の風。

「そこで家族が処分した。本に興味のない家族がね」

納得出来る。

「それはそれでいい。好きなものは、人によって様々だ。当たり前のことだ。――捨てられてしまうぐらいなら古書店に出してもらう方が有り難い。次の誰かの手に渡ればいい」

ボールのパスだ。有効なパスが通れば、ゴールに繋がる。実を結ぶ。

「――我々もそうやって、前の世代から本を手渡してもらって来た。しかしねえ――」

と、先生は溜息をつく。

「その復刻本が、驚くほど安いんだ。昔と、一桁違ったりする。つまりは、買おうという人がどんどん減っているんだろう。だから、値がつかない。――そういうのを見ると、何だか本が可哀想になる。自分が、そこに置かれているようで、ほっておけなくなる。もう持っているのに、つい買ったりする。多いのは、もう四、五冊になった」

「……そんなことしたら、置き場所が大変でしょう？」

「その通りだよ。ほんに大変だ」

切実な駄洒落《だじゃれ》だ。先生にとって、復刻本の運命は、ひとつの世代の秋を示しているのだろう。

そこで、美希は心配になった。

古き時を懐かしむ原島先生の手にあるのは、今もガラケー。原稿を書くのにも、パソコンを使おうとはしない。ワープロ時代から進化していない。

――僕は、弥生人だ。

と、常日頃、時代遅れを自慢のようにしている。《手書きではないから、縄文人ではないぞ》というわけだ。

「先生、さっき、『和本』のディスク、買いましたよね」

「ああ」

「あれ、ブルーレイなんですけれど、見られますか？」

古い機器だと、再生出来ない。

「ブルーレイってのは、DVDの偉いやつだろう」

「まあ、そうです」

「大丈夫さ。しばらく前に息子が来て、買い替えてくれた。何でも映る筈だ」

——やれやれ、とんだ老婆心だったか。

と思う、美希だった。

8

十一月の終わり、原島先生の本のゲラが出た。また、神保町で会った。仕事の話が終わったところで、先生がいった。

「そういえば、この前、古本まつりでDVDを買ったろう」

「はい。ブルーレイ」

と、言い直す。

「あれが、どうもおかしい」

「うつらないんですか？」

「いや、ちゃんと見られる。江戸川乱歩《えどがわらんぽ》の蔵なんか出て来て、なかなか面白い」

それなら、いいではないか。しかし、先生は浮かない顔で続けた。

「――だがねえ」

「はい」

「どうしても、特典映像というのが――出て来ないんだ」

「ああ……」分かる気がする。「普通の映像が終了したところで、リスト――というか、目次が出て来るタイプなんでしょう。終わったところで、ちょっと待ってれば、その画面が……」

「そうしてるんだよ。だけど、どうしてもたどり着けない」

「……困りましたね」

「しかもね、本編が八十五分なのに、特典映像は――百分なんだ」

大特典だ。おまけの方が大きい。デザートにステーキが付いているコース料理のようだ。先生は、目を悲しげにぱちぱちさせながら、

「――今度、息子が来たら、見てもらおうかと思う」

そうまでいわれたら、美希も身を乗り出さずにいられない。

「次の打ち合わせの時、持って来ていただけますか。こちらで、調べてみます」

多分、簡単な操作ミスだろう。先生は、嬉しそうに顔をほころばせ、

「そりゃ有り難い。気になることがあると、寝付きが悪くなるんでね」

美希はその日、父に頼まれていた本を、大型書店で買い、中野の実家に帰った。

「嬉しい嬉しい」

と、父が揉み手をして迎える。冬用の半纏《はんてん》を引っかけている。そういう季節になったのだ。

「そんなに喜んでもらえると、帰りがいがあるよ」

「いや、寒くなったからな」

「ほ？」

「そろそろ、炬燵《こたつ》にしなくちゃいけないんだが、なかなか、その勇気が出なくてね」

「《勇気》じゃなくて、《やる気》でしょ」

大きめの掘り炬燵だ。夏の間は炬燵布団を取り、テーブルとして使っている。美希が来るのをきっかけに、そのテーブルの上を何とか片付けたという。

「横に置いただけじゃない」

「そうでもないんだ。色んなものの間にあった紙やら何やら、始末するものはした」

雑物の多いうちなのだ。ことに居間には、あらゆるものが集まり、積まれてしまう。

「春先の袋菓子の残りも出て来たぞ」

「捨てるものは捨ててよ」

「言葉より行動だ。さ、そっちを持って」

炬燵やぐらの一方の端を持たされる。掛け声をかけて持ち上げる。下には、半年間のほこりが溜まっている。これを掃除しないと、炬燵布団がかけられない。

ビニール袋と掃除機が渡される。穴の底の簀《す》の子《こ》を持ち上げると、案外、大きなゴミも落ちている。大物は手で袋に入れ、掃除機をかける。側面に簀の子を立て掛け、それも綺麗にする。

　ほこりが舞う。腰が疲れる。

「炬燵が出来たら、鍋物になるからな。どうだ、うちのために汗が流せて嬉しいだろう。労働は美しい」

「はいはい」

9

　鍋が片付くと、母が綺麗な赤い実の枝を花瓶にさし、テーブルに置いた。

「千両よ」

　庭から切って来た枝が、お正月に飾られたりしたものだ。目を近づけて見ると、小さな実の先端に、それぞれ楊枝で突いたほどの黒い点があるのが、アクセントになっていて可愛らしい。

「これはいいわね」

「冬の彩り。また、一年、経ったと思うわね」

　お茶を飲みながら、父にいってみる。

「ねえ、お父さんは、ブルーレイのディスク、見られる？」

「いきなり、何をいうんだ」

美希は、今日の原島先生の嘆きについて話した。

「お年よりは、機器の進歩に取り残されることがあるでしょ」

「ブルーレイぐらいで大袈裟だな。――しばらく前から使ってるなら、再生操作ぐらい分かる筈だが」

「そんなこといったって、実際に――」

父は、ふっと眉を寄せ、

「待てよ、それ、中古を買ったんだよな」

「ええ」

「だとしたら、――犯罪の匂いがする」

「はあ?」

「特典映像を抜き取った奴がいるかも知れない」

美希は、ぽかんと口を開ける。母は台所で今日の新聞を読んでいる。それをめくるパサリという音が聞こえる。

「お父さん、ディスクってどんなものか、分かってるでしょ」

「うん」

「これが本だったら、ページを破り取ることは出来る。――ディスクは違う。仮に、欲しいとこだけ何らかの方法でダビング出来たとしても、元の映像は残る」

コピー回数限定放送は、ダビングすると元の情報が消える。それとはわけが違う。

「特典だけ抜き取るなんて、走ってる列車から一台の車両だけ抜き取るようなものよ。不可能だわ。第一、何のためにそんなことするの？」

父はそこで、茶をひと口啜り、話の方向を変える。

「原島先生とお父さん、気が合いそうだとは思わないか」

「え？　——ええ」

「手を出すものが似ている」

「そうね」

「ちょっと待て」

そういうと父は、炬燵を立った。しばらくして戻って来ると、あるものを美希に手渡した。

「これは！」

——『DOCUMENTARY　和本　—WAHON—』

あのディスク。魔法のようだ。父は胸を張り、

「原島先生のうちに行って来た」

「へ？」

「——というのは、無論、冗談だ」

10

「同じ趣味の人間が、同じものを持っているのは不思議でも何でもない」

いわれてみれば、その通りだ。父は、美希にそれを渡すと、

「なるほど、本編八十五分、特典百分となっている」

「うん」

「かなり、アンバランスだな」

「そうだね」

「さて、そこでだ。映像ディスクにメイキングやら何やらの特典が付くのは、よくあることだ。何故かな？」

「そりゃあ、――映画館やテレビでもう観ちゃった人にも買ってもらえるように。――要するに、すでにある素材にお得感をプラスするためでしょ」

――そういえば、ソーセージなどのセットにも、《お得さ福袋級》と書かれていたっけ。

と、美希は思う。《お得さ》が客を呼ぶのだ。

「その通り。――ということは、このブルーレイにも、同じ事情があるのではないか」

といって、父は脇に置いたもう一枚を見せる。

――『ＤＯＣＵＭＥＮＴＡＲＹ　和本　―ＷＡＨＯＮ―』

全く同じタイトルだが、ケースのちょっと大きいＤＶＤ版だ。

「あっ」

「ブルーレイ版は、この七年後に出た。その時、《特典》を足している」

「特典目当てに買い直したのね、お父さん」

「目当て――というのは響きが悪いが、まあそうだ。気になるからな。本好きの心をくすぐられたわけだ」

「そうか……」と、美希は頭の中の計算機を動かし、「二枚買った人は、古い方がいらなくなる。そのいらないＤＶＤを売るとき、――ケースを間違えたわけね」

父はすぐには答えず、一冊の本を取り出す。

「『早稲田古本屋日録』。古書店の日常が書かれている。著者は向井《むかい》透史《とうし》さん」

「はあ……？」

「在庫に『日本外交史』という本があった。だが、全三十八冊のうち、一冊だけ抜けていた。ある時、まさにその一冊を手に入れた。揃いで売れるようになった。嬉しい。ところが、箱から本を取り出そうとすると《ちょっと、抜きづらい》。《ようやく抜き出して、パラパラとページをめくる》と――」

「箱と本とが違っていたのね」

脱力感、徒労感はよく分かる。

「その通り。何十冊もある、箱入りの本だと、こういうことも起こる」

「うん」

「しかし、ＤＶＤのディスクを、ブルーレイのケースに――というのは、ちょっと間抜け過ぎるな」

「え？」

父は、両方を見せる。

「『日本外交史』だったら、厚みに多少のばらつきはあっても、同じ装丁、同じ大きさのものが並んでいる筈だ。しかし、ＤＶＤのケースとブルーレイのケースは大きさが違う。ご丁寧に色まで違う」

「だって……、ほかに考えられないじゃない」

父は顔をしかめ、

「考えられる」

美希は、きょとんとして次の言葉を待った。父は続けた。

「――古くても、いや、古いからこそ値打ちのある本は一杯ある。だが、こういったディスク類だと買い取りの基準が――新しさだったりする。売り払った人間が、そこに気づき、いらなくなった七年前のＤＶＤを、新しいブルーレイのケースに入れて出した――としたらどうだ」

「……わざと？」

「そうだ」

「詐欺じゃない」

「だから、《犯罪》なんだ。そこで、忽然と特典が消えてしまう」

「セコい」

「そこには、同じ情報を二度買いしたのだから、これぐらいしてもいいだろう——という自己正当化があるかも知れない。次に買う人のことを考えていない。古書店も購入者も、共に被害者だ」

「お父さん、そんなことしてないでしょうね？」

　父は、唇を尖らし、

「当たり前だ。その証拠にこうして二枚とも、ちゃんと持っている」父は、二枚を揃えて突き出し、「こうして見せられたら、ぐうの音《ね》も出まい」

「ぐう」

「ブルーレイをＤＶＤに換える犯罪。まあ、そんな可能性も、匂いぐらいはあるということだ。勿論、ただのミスだったのかも知れない。——いずれにしても、《どうしても特典が出て来ない》というのなら、《それは旧版だった》というのが、最も、ありそうな結論だろう」

　確かに、その通りだ。美希は、昔に変わらぬ千両の色に目をやり、

「千両は千両。万両は万両。似てても違う。——それにしても、特典付きと思って買っ

た原島先生が可哀想。——先生はね、《古書を買うのは、人から人への受け渡しだ》っていったのよ。パスだって」

「まあ、変なパスが来てしまったということだな。まことに、嘆かわしい」

と慨嘆する父に、母が、

「そろそろ、お風呂に入ってくださいよ」

と言葉を投げた。

11

父の言った通り、原島先生の持ってきたケースの中身は、ＤＶＤディスクだった。先生には、父の持っているブルーレイ版をお貸しし、感謝された。

さて、本年の業務も終わろうかという頃、ゆかりが近づいて来て、耳打ちした。

「田川ちゃん。わたし、来春、結婚しますんで、そこんとこよろしく」

仰天。

そのまま行ってしまいそうになるので、あわてて追いかけ、

「だ、誰と——？」

「洋々社の、藤堂さん」

ゆかりは、《ジングルベール、ジングルベール》と口ずさみながら去って行く。

美希は、しばし呆然とし、

――あ、ノールックパス！

バーベキューパーティで、わざわざ美希に向かって、

――マスタードないの？

といった藤堂の言葉。あれは、ゆかりに向けられたものではなかったのか。それに対するゆかりの《皮肉だ》とばかり思った返事。

――欲しかったら、うちまで来てください。

は、絶妙の受けではなかったのか。

――うーむ、男と女のパス、ゴールは奥が深い。

と、こぶしを握り締める美希であった。

キュウリは冷静だったのか

1

夜の十時は、校了間際の雑誌編集者にはまだ宵の口だ。

某編集者の名言に、

——人間には二種類ある。締め切りを守られるお方と守らない方である。

というのがある。

田川美希《たがわみき》がそれをしみじみ噛み締めていると、スマホがじゃれるように鳴った。

二種類のうち後者からの、言い訳メールかと思った。しかし、違った。あやしくはないが、変わった文言が並んでいた。

次のうち、『広辞苑』に載っているのはどれでしょう？

1あぐらまぐろ

2てぐらまぐら

3どぐらまぐら

父からだった。

――何じゃこりゃ。

と思う。

変ではあるが、父は高校の国語教師だ。言葉に関する設問を考えてもおかしくはない。文に乱れもないから、脳の動きがいきなりレールからはずれたのでもなさそうだ。

すでに知っているのは『ドグラ・マグラ』しかない。玄妙不可思議といわれる、夢野《ゆめの》久作《きゅうさく》の大長編小説。代表作だ。映画化もされている。美希はまだ観ていないけれど、惜しまれつつ逝った上方落語の雄、桂枝雀《かつらしじゃく》が、その人ならではの存在感を示した――と聞いている。

しかしながら、『ドグラ・マグラ』が正解では、当たり前過ぎてつまらない。第一、『広辞苑』もそこまで見出し項目を増やしていたらパンクしてしまうだろう。文学史の教科書に載るようなおかたい書名なら、守備範囲広く採っている辞書だ。それ以外には、どうしても手薄になる。

「ねえ、ちょっと、ドグラマグらない？」

「いやあ、昨日、すっかりドグラマグっちゃってね」

「この辺りでの、ドグラマグり禁止」

――とでも皆がいい出したら、載るだろうけれど。

一方、動植物の名称となれば、かなり網を広げて収めている。海中のものでは、堂々たるダイオウイカとか、変わった頭のシュモクザメもいる。名前というのは、思いがけない理由でつくものだ。マグロがあぐらをかいているところは想像しにくい。しかし、何らかの物語があって《アグラマグロ》となることも、ありかねない。

一番わけが分からないのは《てぐらまぐら》だ。

——手暗真暗……だろうか。

選択肢を揃えるため無理やり考えたとしたら、いかにも苦しい。となると、ありそうもないところが逆にあやしい。

いうまでもなく『広辞苑』を開けば、すぐに答えは出る。しかし、そうするのは邪道だ。犯人がジェット戦闘機に乗ってアリバイ工作をするようなものだ。

とりあえず、

2の「てぐらまぐら」に一票。当たると百万円もらえるのかな。

と返した。すぐに、

正解。はっきりした見込みのないこと。あやふやなこと。前後の思慮のないこと。いいかげんなさま。——賞金はありません。

原稿待ちの間の気分転換にはなった。

何なの、これ？

と聞くと、

神奈川と大阪にいる大学時代の仲間と、三択問題の出しっこを始めたんだ。このところ会えずにいるのが残念だし、脳の活性化にも役立つと思って。

近況報告だった。なるほど、それは結構な話だ。現代ならではの老化防止対策である。

一応、編集部の『広辞苑』を開いて確認した。《とぐらかみやまだおんせん》はあったが、その隣に《どぐらまぐら》はなかった。

ちなみに《てぐらまぐら》は漢字にすると《手暗目暗》だった。

――うーむ。てぐらまぐらな奴、といわれないようにしなくちゃ。と、自らをいましめる美希であった。

何とか原稿も間に合い、無事に校了となった。

2

次の日曜、美希は、大先輩の星野洋子《ほしのようこ》さんと国立新美術館に出掛けた。建築家、安藤《あんどう》忠雄《ただお》の展覧会が開かれている。

建築は、美術館の中に持って来られない。ところが今回は、安藤の代表作のひとつ、大阪茨木市《いばらき》にある《光の教会》が原寸大で再現され、屋外に展示されているという。内部正面の壁が十字に切り取られている。物体のない空間そのものが、眼前に光の十字架となっている。十字は太陽の移動と共に、床にも現れる。

「今度のレプリカ、実際の礼拝堂作るより、お金がかかったそうよ」

と、星野先輩が教えてくれた。

「はあ」

会期が終わったらどうなるのだろう。

「それでね、十字に切り取られた隙間が、こちらでは——本当に隙間になっているんですって」

「ほ？」

「本物は、そこにガラスが入ってるの。安藤としては、何もなしにしたかった。光だけじゃなく風も自由に通る空間にね。――光の十字架でもあり、風の十字架でもある」

それだけではない、猫や鳥や虫だって入って来そうだ。昔は小鳥に説教した聖人もいたそうだから、宗教的にはいいのかも知れない。しかし、リアリストの美希は、

「それじゃあ、寒くてたまらないでしょう」

いい始めが《そ、それじゃあ》という感じになってしまった。夏はいい。しかし、冬の到来を告げる風が、そろそろ錐《きり》を揉み込むように吹こうか――という頃に聞くと、いかにも辛そうだ。

「そうなのよ。嵐の日には雨だって吹き込むでしょう。だから、結局はガラスが入った」

「なるほど」

そう聞くと、レプリカの方でこそ、安藤建築本来の姿を体感出来そうだ。

――行ってみましょう。

ということになった。

待ち合わせ場所は、美術館に入ってすぐの椅子。混みそうだから、早めの十一時に落ち合うことにした。

降りる駅は、地下鉄千代田線乃木坂になる。ホームを改札口に向かって進み、エスカレーターに近づく。

美希の何人か前を、冬らしい装いの女性が歩いていた。そこにエスカレーターの方か

ら、突風が吹き下ろして来た。女性の帽子が、頭からふわっと浮き上がり、後ろに飛んだ。

美希は、

「あっ！」

と、小さく声を上げた。帽子はベージュ色の鉢を転がしたように、ホームの上を動く。

――線路に落としてはならない。

美希は守備陣としての責任を感じ、やや腰を落とし、ゴールキーパーの防御の姿勢に入りかけた。幸い、帽子は美希の前、数歩のところで止まり、それ以上、進まなかった。

風のシュート、失敗。

あわてて戻った女性が手を伸ばし、伏せられた形のそれを拾い上げた。

――やれやれ。

上から吹き下ろして来たのだから、電車の進入によるものではない。地上から、かなりの距離がある。はたして外の風がここまでたどり着けるものか――と首をかしげはしたが、それでも美希は、理屈抜きに肌で感じた。木枯らしがトコロテンを突くように、ここまで空気を押して来たのだ、と。

――今年の秋は短かったな。

そう、思った。

3

星野洋子先輩は、雑誌の方でも書籍の方でも業績を残している。

何年か前に、六十歳の定年を越していた。

名物編集者として《卒業》した方々の中には、その後、大学で教鞭を取ったり、文学館に行かれた人もいる。

希望すれば、六十五歳までは雇用契約を結べる。星野さんはそちらを選んだ。経験豊富な方が残ってくれるのは、後輩には心強い。どういうわけか美希には親しく声をかけてくれる。

美希も、若手から見ればいつの間にか中堅になってしまったが、星野さんのような大先輩の前に出るとひよこのように謙虚になってしまう。

中に入るとすぐ先の椅子に星野さんが腰掛けていた。隣に座った、髪をオレンジ色に染めた同年配の女性と、なごやかに話をしている。

美希を見ると、星野さんは隣に会釈をして立ち上がった。黒のタートルにジャケット、下は辛子《からし》色のスカートだ。

コインロッカーの鍵を見せ、

「田川さんも、コートやバッグ、入れちゃったら」

「そうですね」

「わたしの入れたとこ、まだ余裕があるから、足しましょう」

ロッカーに向かいながら、美希は、

「随分、話がはずんでましたね」

「そうなのよ。あちらは日展、見に来たんですって」

同じ美術館で開かれている。星野さんは続けて、

「――話しかけられたわたしが、《顔見知りじゃない人とやり取り出来て嬉しい》と喜んだのよ」

「どうしてです」

「初めての相手と会話するのは、老化防止にいいんですって。それで、意気投合」

「へええ」

星野さんは、ふくよかな頰に笑みを浮かべ、

「耳学問なんだけどね、それって、何だか納得出来るでしょ？」

「そうですね。いつも会ってる人だと、安心しちゃう――というか、向こうがどう受けるのか何となく予測がつく。それがない分、新鮮で、脳が活発に動くんじゃないですか。こうしてはいられない――って」

「そうそう、そういうことらしいのよ」

「だからって、街に出て、誰彼かまわず話しかけてるのも、怖いですけど」

「全くだわ」

コインロッカーのコーナーに入り、星野さんの入れた横に、美希のものを足させてもらった。星野さんがいう。

「旦那が毎日、初めての相手に見えるようになっても問題だよね」

笑い話になっているうちは大丈夫だ。

美希は、展覧会入口に向かいながら、

「そういえば、うちの父が――」

と、仲間達と三択問題の出し合いを始めたことを話した。

「それもよさそうねえ。旧交を温めつつ、脳の活性化になる。……問題になることはないかと目を光らせていたら、まずそこで脳が動く。解く方に回っても、考えるものね」

展覧会は、建築模型が並び、何よりも見て楽しめるものだった。写真だけで、立体的な創造物について語ろうとするより、説得力があった。

会場には人が溢れていた。順路に従って、外に出る。

光の教会の訴えかけて来る力は圧倒的だった。輝きが雄弁だから、人々は明るい十字を見つめ、寡黙になっていた。

しばらく、その列にいた美希は、糸で引かれるように壁に近寄り、切り取られた空間
に手を差し入れ、風と光に触れた。

室内に戻っての展示も充実していた。鳥の目となって、現実には見られないはるか上

方から、瀬戸内海直島《なおしま》における一連の仕事を天空から見られた。

水の都ヴェネチアのプンタ・デラ・ドガーナ。十五世紀の歴史的建造物にコンクリートの箱を埋め込むように作られた美術館は、二種類の模型で語られていた。レンズを近づけて見るようなものと、引いてヴェネチアの風景の中に息づくもの、二つの姿にわくわくした。

連れて来た女の子にあれこれ説明している、建築関係者らしい父親もいた。まだ小学生だろう子が、熱心に耳を傾けている。それが、いかにも幸せそうな父子像になっていた。

4

会場を出ると、そろそろお腹がすいて来た。エレベーターで上に行き、昼食をとることにした。

フレンチレストランで、ランチにする。前菜に、フランスパンでいただくメインは、星野さんが牛肉、美希は海老にした。

食べながら美希は、先ほどの三択問題の実例をあげた。仕事がら、星野さんは、

「『ドグラ・マグラ』はないわね」

『広辞苑』が入れない書名だと分かっている。しかし、1と2から先までは絞れない。

美希が正解を伝えると、

「なるほどねえ」

と頷《うなず》き、

「——わたしも何か問題、考えようかな」

「いいのが出来たら教えてください」

それから、老化防止対策の話になった。秋口に旦那様が入院なさった。その後、テレビの健康番組をよく見るようになったらしい。

——知らない人と話すといい。

というのも、そこから得た知識だった。

美希の父親も老化の入口に立っている。他人事ではない。

星野さんの話しぶりから、旦那様は深刻な状況を脱したと分かるので、

「もう、およろしいんですね」

「ええ。ほっとした。今は、一緒にウォーキングしてるわ。健康番組が共通して勧めるのも、結局はそれになるの」

炬燵《こたつ》にいることの多い父に、いってやりたい。

デザートは、星野さんがクレーム・ブリュレ。美希がアイスクリームというと、

「寒くない？」

「外は寒いけど、中は大丈夫ですよ」

「元気ねえ。わたしなんか、外が寒いと、もう冷たいものには手が出ないわ。――そういえば、マフラーはしないの？」

「ええ」

「首が冷えるとこたえるけど、大丈夫なの？」

と、左手でタートルの襟に触れてみせる星野さん。

「慣れですね。わたし、ネックレスとかも嫌なんです、束縛されるようで」

と一応答えた。生き方の説明のようだが、実のところ、マフラーはチクチクするのが嫌だし、肩がこりそうな気もする。昔風の男子学生服の詰襟など、見るからに苦しそうだ。そういう制服を着る機会がなかったのが有り難い。

「うちの旦那は、冬場はすぐマフラーするわよ」

「人生いろいろですね」

「何とか秋を乗り切って、また冬を迎えられてよかったけど……」

そういって、星野さんはクレーム・ブリュレを運ぶスプーンを止めた。

――どうかしました？

と、いいかけた美希だが、深刻なことだといけないと思って、しばらく間をあけた。

ややあって、星野さんはいった。

「……キュウリ」

5

クレーム・ブリュレを食べながら持ち出すには、似合わない単語だ。キュウリなど、テーブルの上にもないし空中に浮遊してもいない。

「はい？」

「……旦那を見舞いに行った時のことよ。もう窮地は脱して、ほっとしてた。ベッドに近づいたら、旦那、うとうとしてた目を開いて、わたしを見た。そして、いったの」

星野さんは、その時の声を、また聞き直すように、ちょっと首を傾けて、

「――《洋《よう》さんは、キュウリだな》」

夢でも見ていたのだろうか。野菜が登場するアニメ風の。

「うわ言ですか」

「そうでもないのよ。意識は、はっきりしていた。《どちらかといえば、ピーチ姫よ》といったら、ふふっと笑った」

「何のことか、聞いたんでしょう？」

「そりゃあね。でも、答えないの。《いやいや、何でもない》って、ごまかすの」

「星野さんが看病疲れで、弱ってたんじゃないですか。顔色が青くなっていた」

「うーん。そういう可能性もないわけじゃない。――Q・カムバア・グリーンって作家、

知ってる？」

グレアム・グリーンやジュリアン・グリーンなら聞いたような気がする。

「いえ、寡聞《かぶん》にして存じません」

「鮎川哲也《あゆかわてつや》先生の別名よ」

「おお」

鮎川哲也賞にその名を残す大御所だ。

「若い頃に、Q・カムバア・グリーン名義で書いた短編があるの」

「緑のキュウリですね」

キューカンバー・グリーンだ。

「その他にも、青井ひさとしという名で書いた作品もある。漢字が、《久》しいに利益の《利》」

青井久利。

「音読みなら——キュウリですね」

「ペンネームの由来が、すぐ分かる」

「体が細くて、顔色が悪かったんでしょう」

実際に人から、《キュウリみたいだな》といわれたのではないか。

「当たり。戦後で、栄養も悪かったんでしょうね」

「そういう例もあるんだから、無理な連想じゃないでしょう。星野さんのやつれた顔を見て、思わず出た言葉じゃないんですか」

「でもねえ、……だったらストレートに《痩せたなあ》といいそうなものだし、後に《大変だったろう》とか《ご苦労様》とか、付け加えそうなものじゃない？」

「——《迷惑をかけたなあ》とか、《ごめんよ》とか？」

星野さんは、二、三度、頷いてから、

「それにね、病院に運ばれてすぐは、こちらもあわてた。落ち込みもした。だけど、キュウリ発言が出た時は病状も安定して、心配なくなっていたのよ。わたしだって、もう目の下に隈なんかなかった。顔は、もともとふくよかな方だし、……違うと思うのよ」

美希は、運ばれて来た食後のコーヒーを口に運びながら、

「だったら、キュウリ夫人」

「キュリー夫人ね」

「マリーでしたよね」

「そう」

小学校の図書館の偉人伝で読んだ。放射線でおなじみだ。

「賢い奥様ということで——」

「旦那は、馬車に轢《ひ》かれて死んだのよね」

「ピエールさん。悲劇でしたね」

「おお、ピエール」

子供の頃に読んだ本の記憶は、鮮明に残るものだ。

「だから、《妻よ、僕が倒れても、がんばってやってくれ》と」

「ちょっと苦しいな」

大分、苦しい。星野さんは、眉を寄せ、

「――キュリーじゃなく、確かにキュウリといったわ。それに《キュリー》だったら、二人の姓になっちゃう。わたしを指すなら、やっぱり《夫人》を付けなくちゃあ」

「だったら……」

6

伝説の動物の姿が、閃《ひらめ》いた。推理の水の中から、ぽっかり顔を出したのだ。

「失礼ですけど、ご主人は、河童に似てたりしませんか？」

星野さんは、頭頂部に手をやり、

「うちの旦那、わたしより五つ上だけど、ここは薄くならないタイプだわ」

「ああー」

「口も尖ってない。くちばしみたいじゃない。――名前も《河童》や《河太郎》じゃない」

「……残念ですねえ」

ご主人が河童なら、キュウリはその大好物になる。東北の地、『遠野物語』で名高いあの遠野では、河童の出そうな淵でキュウリを餌に河童釣りをする——というではないか。

星野さんは、首をかしげて、

「『野菊の墓』のパターン？」

「ええ。《僕は野菊が大好きだ。民さんは野菊みたいだ》」

そう考えれば、これは旦那様からの、病床における愛の告白だ。

「野菊なら許せるけど、《君はキュウリみたいだ》といわれてもねえ」

「いいえ、別に似てなくてもいいんです。ただ、《僕が好きなのは、君だ》という意味で——」

「だからあ、うちの旦那は河童じゃないって」

その線も断たれてしまった。星野さんは、

——他には考えられない？

という目で、美希を見る。美希は、自分のお皿のない頭を撫《な》でながら、

「手詰まりですねえ。ギブアップですよ」

星野さんは、それなら——と、

「わたしが考えたのは、英語の慣用句」

「は？」

「決まり文句ってあるでしょう。『不思議の国のアリス』には、具体化して色々、出て来る。イギリスには《帽子屋のようにおかしい》って言葉があった。だから、あの中に、妙な帽子屋が出て来る」

「チェシャ猫とか……」

「そうそう、《チェシャ猫のように笑う》っていう言い回しが、先にあった。それを実際、登場させた。だから、奇妙な味が出て面白い。――日本語でいえば、お話の中に《着た切り雀》を出すようなもの」

星野さんは続ける。

《着た切り雀》も今ではあまり使わない言葉だ。ずっと同じ服でいる人だ。《舌切り雀》のパロディである。そんな《雀》は存在しない。パタパタ飛んで来たら、驚いてしまう。

「うちの旦那も出版社にいた。翻訳書を出していたのよ。《キュウリのように……》を知ってるんじゃないかな」

パーティで出会ったり、同じ作家の担当だったり、似た企画をやっていたりで、他社の人と知り合う機会も少なくない。編集者同士で結ばれた二人も珍しくない。

星野さん達もそうだった。

《出版社にいたから――知ってるんじゃないかな》などといわれたら辛い。しかしまあ、星野さんご夫妻は大先輩。美希とは経験が違う。臆せず、聞いてみることにした。

「キュウリは、何の譬《たと》えに使われるんです？」

「……レイセイ」

食べる物だけに、一瞬、冷やして出す料理——《冷製》かと思った。《キュウリの冷製》。だが、そうではなかった。

「——《クール・アズ・ア・キューカンバー》なんていうのよ。《キュウリのようにクール》」

「はああ。そういわれれば、何となく分かる気がしますね。確かに、かぼちゃよりキュウリの方が冷静そうです」

タモリが、《とかげは真面目、イグアナは不真面目》といっていた。当人——いや、当獣達に責任はない。人間に勝手に思い込まれても迷惑だろう。しかし、確かにイメージというものはある。『オズの魔法使い』に出て来る《臆病なライオン》も裏返しのキャラクター。獅子は百獣の王——という固定観念があってこそ生まれたわけだ。

「だったら、その線でご主人に聞いてみればいいでしょう？　すぐに答えが出る」

「嫌だわよ、そんなこと」

星野さんは首を振り、それを見た美希は首をひねった。

「どうしてです？」

「わたし、自分でも驚くくらい、旦那のこと、心配したのよ。どきどきして、一時は食べるものも喉を通らなくなった。……それなのに、《君って冷静だね》なんていわれたら、たまらないじゃない」

「ああ——」

「仮にね、旦那からそう見えたにしたって、それはわたしが一所懸命、気を張っていたからよ」

分かる。自分が星野さんの立場で、《冷静だね》などといわれたらショックだろう。腹が立って来た。

「うーん。あまりにもデリカシーのない発言ですね」

「あなたが怒ることないわよ」

「いや。——お灸を据えてやりたくなって来ました」

星野さんは、なだめ役になり、

「でもね、田川さん。……うちのがそういう意味でいったかどうか、分からないのよ」

「あ、——そうだった」

怒るのも早とちりだ。事態は、ますます混沌として来る。星野さんは、コーヒーを啜《すす》り、

「考えれば考えるほど、袋小路に入っちゃう。……差し支えないことなら、あの人だって、すんなりいってるだろうし……」

星野さんは、遠くまでずっと見渡せる、大きな大きな窓を眺めながら、ほうっと溜息をついた。

「……深追いするのは嫌だから黙ってるけど、やっぱり、気にしてるのね、わたし。

……こんなこと、話しちゃうなんて」

7

作家の先生と話していたら、こんなことをいわれた。

「《り》や《ご》なんて、使うのかい？」

「何のことです？」

「いや、最近の若い子はメールで、そんなやり取りをすると聞いたんだ」

《若い子》と思われたのは嬉しいが、残念ながら、意味が分からない。先生はさらに補足説明をしてくれた。

「《了解しました》を《りょ》だけですます連中が現れて来た。だが、すでに《りょ》族の時代も去った——というんだな。今や《り》で通じるそうだ」

「へええ。じゃあ、《ご》というのは？」

「《ごめんなさい》だ」

メールで《ご》といわれても、謝られている気にはなれない。

「そんなことしませんよ」

「そうであってほしいなあ。皆がそんなにせっかちだと、若い二人の会話も《あ》《け》《お》《め》ですんでしまう」

そういう小説なら、読むのに時間はかからない。

「《あけましておめでとう》ですね」

「いやいや、《あいしてる》《けっこんしよう》と男がいうと、《おことわり》《めんどうだもの》と返されるんだ」

「うわあ」

《り》族にしか通じない。

「せっかちだと、色々なものを捨てることになる。粗筋《あらすじ》や結論だけ知っても、読んだことにはならない。大事なのはむしろ、無駄なこと、本論以外のところにある」

「はあ」

「膨らみのないものは駄目だ。面倒なこと、時間のかかること、よく嚙まないと飲み込めないようなところに、物事の味わいもあるんだがなあ」

そこで美希は《キュウリ》のことを考えた。

——あちらも後が省略されている。だけど、《り》とは違う。そんなに単純じゃない。

……わたしに読めない含みがあるのは、確かなんだよなあ。

そして、思う。

——これぱっかりは、旦那様の心の中に入らないと分からない。

8

この時期になると、美希には、中野の実家に帰ってやらねばならないことがある。年賀状作りだ。

美希が子供の頃は、父親が一枚一枚、小型のプリント機を押して作っていた。刷った葉書は、重ならないように広げて乾かす。そのため父が、居間ではなく、暖房のない部屋で電気ストーブだけ脇に置き、作業していたこともあった。

彩り豊かな葉書が部屋中に、秋の落ち葉を撒《ま》いたように広がり、その中央で父が、よいしょよいしょと腰を曲げ、小さな印刷機を押していた。その年の父は、寒い部屋にい続けたおかげで風邪をひき、何日か寝込んでしまった。

今となっては懐かしい思い出である。

家の年中行事である年賀状作りだが、かなり前から、美希がパソコンで作業する役になった。デザインは父が考え、それを具体化するのが美希なのだ。

やり方を覚えればいいのだが、どうやら父は美希と作業するのが嬉しいらしい。

何年か前、美希は、年賀状に使える素材CD-ROMの付いた本を数冊、買って行ってやった。著作権フリーだ。それを使う場合でも、凝り性の父は、出来合いのままでは納得しない。

「この絵のここだけ大きくして、こっちの文字を入れて——」

と、再構成する。

今年も、その作業をする。土曜の午後、中野の家に向かった。

途中にある大きなイチョウの木が、澄んだ空気の中に、それこそ金色の葉書でも撒くように盛大に葉を散らしていた。

昨日も一昨日も、その前も、同じことをしていただろうに、よく、落とす葉が尽きない——と感心してしまう。

風の強くない午後だったので、それはひらりひらりと舞いながら落ちて来る。足元を見ると、微妙に色合いを変えた黄色の敷物の上を行くようだった。走ったら、足を取られて滑りそうだ。

腰を曲げながら、ギンナンをビニール袋に集めているおばさんがいた。コリコリと踏み砕かれ、つぶれたその臭いが季節の移ろいを知らせる。

「おお、おお。来たか」

と、父が玄関で迎えてくれる。

「今年のデザインだ——」

と示した案は、手をついてご挨拶しているような丸っこい犬に、日の出に白抜きの《謹賀新年》を配するもの。言葉の方は、別の年の素材から持って来る。

丸と丸が並び、確かに、本にある元の年賀状より面白い。

炬燵に並んで座る。美希が画像を呼び出し、大きくしたり小さくしたりしながら、組み合わせる。大体のデザインが決まったところで刷り出してみる。それを見ながら、犬の絵の大きさなどを微調整する。

決定してしまえば、後はパソコンの印刷機がやってくれる。手差しの葉書の上下さえ間違えなければいい。毎年のことながら、

「いやあ、楽なもんだな。文明開化だ」

と、父は声をあげる。美希は、少なくなって来た葉書を足しながら、

「昔は大変だったよね。――印刷ミスで使えないのも、必ず出たし」

「しかし、かすれたり曲がったりするのも、味だったよ。その点、パソコン印刷は、最初から最後まで変わらない。大量生産だ。有り難いけど、可愛げがないなあ」

「かといって、何枚かに一枚、わざと刷り損なうプログラムになっていても困るでしょ」

「それはそうだがなあ……」

手工業的であった時代を懐かしむ、過去の労働者である。

「最近、体の調子はどう？」

「まあまあだな。――さすがに、固有名詞が出にくくなった」

と、父はいう。

「それはしょうがないよ」

「この間、お母さんが牛肉を焼いてくれた」

「ほ？」

話が、飛躍する。

「ニンニクを使ったんだ。食事が終わった後しばらく経った。いったん洗面所に行って戻って来たら、――まだニンニクの臭いが残っている」

「分かる分かる。ずっとその場にいると、鼻が慣れちゃう。気づかない」

「で、何となく《ジンジャー……》といってしまった」

隣の台所から、母がいった。

「――それはショウガ」

父は頷き、

「お母さんにそうチェックされた。《ああ、間違った》と思いながらも、一度《ジンジャー》と口走ったのが悪かった。その言葉が蓋になって、ニンニクが何だか分からなくなってしまった。ニンジンは《キャロット》だ、とか、ナスは《エッグプラント》だ、なんてのばかり浮かんで来る」

「《エッグプラント》の方が、難易度高いのにね」

「だろう？　それなのにニンニクが出て来ないんだ」

「記憶のエアポケットに入っちゃったのね」

「そういうわけだ。テレビを見てて、昔から知ってる芸能人が出て来たのに、名前が浮かばないようなもんだ。口惜しいから、しばらくは自力で捻《ひね》り出そうと思って、身をよじった」

「それで？」

「駄目だった。仕方がないから、とうとう辞書を引いた。分かったところで、お母さんのところに行き、両手を広げていってやったよ」

台所から、母が、

「《ガーリック》！」

9

寄って来て、《ガーリック》と叫ぶのは、客観的には変な男だ。

「アラビアンナイトの呪文みたいね」

パソコンの印刷機は、カタンカタンと年賀状を吐き出している。

「《開けゴマ》か。……ミコが子供の頃、そのパロディをやったな」

「《開けゴマメ》？」

父は、わざわざ歯ぎしりして見せ、

「——それは、お父さんがいったんだ」

「そうだっけ？」

「ああ。正確には《開けゴマ……メ》。ちょっと開きかけた岩が、またガガガガッと、閉まってしまう」

「おお！」

「お父さんがそういうと、小さいミコは右手を挙げ、大きな声で叫んだ」

「何て？」

「《開け、ご宴会料理っ！》」

「はあ？」

「テレビのコマーシャルでやってたんだな、《ご宴会料理》。うーん、なかなか出ない言葉だ。独創性に感心したよ。この子は、ものになるんじゃないかと思ったよ」

「センダンの双葉だ」

いずれにしても、ニンニクだの、ショウガだの、ニンジンだの、ナスだの、ゴマだのと並べば、嫌でもあの――《キュウリ》問題を持ち出したくなる。

印刷が終わった。

枚数を数える。文宝《ぶんぽう》出版でも、社用の年賀状を作っている。仕事の関係はいいが、友人には使えない。美希は、今刷った中から、自分の分を抜く。

夕食には、まだまだ間があった。母が、ご苦労様のお茶と饅頭《まんじゅう》を出してくれた。

美希は炬燵に座り、焼印の押された小判型の饅頭を口に運びながら、

「ところで、ひとつ、お考えいただきたいことがあるんだけど――」

10

星野さんがどういう人かをまず説明した。続いてレストランで星野さんと交わした会話を思い出しつつ話した。

まさか、というような些細なことが解明の鍵になったりする。今までもそういう風だったから、落ちのないよう気を付けた。

さて、炬燵の名探偵は、何らかの答えを導き出せるだろうか。

——今回は、難問だろう。

と、ほくそ笑んでしまった。ところが、父は嬉しそうだ。

「ふむふむ」

しゃくにさわる。

「あたし達の考えた答え、一応、どれも頷けるでしょう？」

父は、饅頭を味わいつつ、

「《キュウリ夫人》以外はな」

「う……。あれはその、賑やかしというか、座興というか」

「いってみただけか」

「まあ、そんなところね」

「他には考えられないか？」

人間には無理なように思える。美希は黙って、こっくりした。

「そうかなあ」

「別の答えがあるっていうの？」

「うん。《キュウリ》とは何のことか。ミコの説明の中に、考える材料がごろごろしている。並べて行けば、自然にひとつの答えが出る」

「嘘ーっ」

と、思わず不信の声を上げてしまった。

「ああ。まず第一に、旦那さんはかなり重い病気で、あわやという危機から生還したところだった。第二に、旦那さんは《キュウリ》の意味を奥さんに伝えるのをためらった」

「うん」

「それから、とても大きなヒントがある。――第三に、奥さんは六十歳の定年を過ぎ、六十五歳の延長期間が終わるよりは前だった」

「はあ？」

そんなことに、何の意味があるのだろう。父は続ける。

「第四に、旦那さんは奥さんより五つ上だった」

「えっ、ええー？」

ますます、分からなくなる。父は悠然として、

「それから、これは話の中にはなかったが、第五に、——来年は戌年だ」

美希は、饅頭を食べ終えると、

「お父さん。無茶苦茶、いってない？」

「固有名詞は出なくなっても、まだ、頭はしっかりしている」

父は、満足そうに薫りのいいお茶を飲んで続けた。

「——ミコの推論の中で、参考になるものがひとつあった」

「え。何、——何？」

「奥さんが《キュウリ》なら、旦那さんは《河童》じゃないか——というやつだ」

「河童説、浮上？」

「そうじゃあない。しかし、これは夫婦の会話だ。しかも一方がかなりのピンチに追い込まれたという、ぎりぎりのところでのものだ。単に、奥さんが《キュウリ》に似ているなんてことじゃない。二人に関係したことのように思えた」

「だから？」

「《河童》以外にも《キュウリ》と対になるものはないか——ということだよ」

「分からないよ、何、いってるんだか」

「《キュウリ》対《X》の解をどうやって導くか。《六》対《X》イコール《二》対《一》なら、《X》は《三》と分かる」

「半分だものね」

数学まで行かない。小学生の算数だ。

「《キュウリ》対《X》イコール《奥さん》対《旦那さん》と置く。そこで、第三、第四の鍵が生きて来る。——人を表す方法は様々だ。《あの人は会社員だ》とか《あの人は農業をやっている》とかいう職業、《あの人は怒りん坊だ》、《あの人は穏やか》という性格、《あの人は山梨だ》《あの人は岡山》、これは出身地」

「無数だね」

「血液型や星座なんてのもある。だが、この場合、式の一方に置くと結論の見えて来るものがある」

「何よ」

「干支《えと》だ」

11

美希は思わず、小学生の頃、流行《はや》った洒落《しゃれ》をいってしまった。

「何が何だか、札幌ワカメラーメン」

「さっぱり分からないんだな」

と、父。

「うん」

「さらに一歩進めよう。今年は、酉年。早生まれの問題はあるが、ことを簡単にするため、それは考えない。今年、酉年の人の干支が一回りして六十歳になって定年。星野さんは、それより上で、巳年、午年、未年、申年のどれかだろう」

「そ……そうなるかな」

「なるだろうな。星野さんより旦那さんは五つ上、――そうすると二人の干支の組み合わせはこうだ」

父は、広告の紙の裏に、十二支を上下に五年ずらして書いた。下が、五つ上の人――旦那さんの干支になる。

巳年――子年
午年――丑年
未年――寅年
申年――卯年

「これが、どうかしたの？」

「蛇と鼠、馬と牛、羊と虎、猿と兎。今の数式の後に置いて、意味を持つ組み合わせはないか」

「札幌……」

「じゃあ、いってしまおう。《キュウリ》対《X》イコール《奥さん》対《旦那さん》

イコール《馬》対《牛》。どうだ《X》は何になる？」

「は……」

父は、考える時間を十分に与えてから、ゆっくりといった。

「《キュウリ》が《馬》になるなら、《牛》になるのは——《ナス》じゃないか」

「あ……」

美希の目に、お盆の時の、野菜の飾り物がふうっと見えて来た。

——割箸を刺して足にした、キュウリの馬とナスの牛。

「お盆の初めには、キュウリの馬を飾る。ご先祖様はそれに乗って来る。魂は、早くうちに帰って来たいから足の速い馬を使う。終わりには、牛を飾る。お名残惜しいから、魂は牛に乗って、ゆっくりゆっくり去って行くんだ」

「あれって、そういう意味なのか……」

「病床で、《危ないところだったな》と思った時、旦那さんの頭にお盆の情景が浮かんだ。帰心矢のごとし。奥さんのところに一刻も早く——と急いでる自分。そこで、ふと《そういえば、あいつは午年で俺は丑年だな》という暗合に気づく」

走って来るロミオを迎えるジュリエットの姿が目に浮かんだ。

「そこでぱっと目を開き、奥さんを見た。半分夢の中にいて、思わず、《君は馬の方だな……キュウリだ》といってもおかしくない」

「——なるほど」

「さすがに、看病してくれてる奥さんに、お盆のことを話すのは気がひける。《何いってるの》と怒られそうだ。泣かれでもしたらもっと困る。どういう意味か、口をつぐむのも分かるだろう」

「確かに——」

「今は治って、一緒にウォーキングしている——という話だ。旦那さんは、午年の奥さんと、ゆっくりゆっくり生きて行こうと思っている。——そして、頑張り屋の奥さんには《馬》でも、あんまり走り過ぎるなよ、休み休み行ってくれ、体を大事にしてくれ、と願ってる。自分よりもずっとずっと長生きしてくれる馬さんなんだからなあ」

父の顔を、しみじみ見てしまう。

「それは、お父さんの気持ちね」

「個人の感想だ。しかし、旦那さんがそう思ってるのは、間違いないよ」

12

「つかぬことをおうかがいしますが、午年生まれですか」

と星野さんに聞いてみた。当たりだった。父の考えを伝えると、星野さんは目を大きく見開き、

「——腑に落ちた」

「落ちましたか」

「うん。すとんと落ちた」

すっきりした顔になった。

数日後、朝刊を開いた美希は、

永遠の誓い　光にのせて

という見出しを見た。あの記憶に新しい場所の写真があった。そこに、白いウェディングドレスの裾を長く引いた花嫁がいた。

国立新美術館の光の教会で、結婚式がとりおこなわれたのだ。まだ開場前の朝のことである。この時期だ。冷え込みが厳しかったというが、問題ではなかろう。不謹慎ながら相手が仮にエキストラでも、会場があそこならとりあえず挙式してみたい花嫁が大勢いる筈だ。

新郎も《ここで挙げられるなんてびっくり》と語ったという。それはそうだろう。

十字架は、それぞれの端から壁に向かって扇のように光を広げている。その前で結ばれる二人の写真を見ていると、日本中の、いや、世界中のご夫婦に、

――幸多《さちおお》かれ！

と思う。

それからまたしばらくして、美希は、星野さんから、こんなメールを貰った。

次のうち、存在しないものはどれでしょう？
1『ドグラ・マグラ』のフランス語訳
2『黒死館殺人事件』の中国語訳
3『虚無への供物』のドイツ語訳

考えるだけで頭が四角くなりそうだ。
――わたしには、まだ老化防止クイズはいらないよ。
と、文句をいいながら、父に転送した。すぐ、

3番！

と、メールが返って来た。

『100万回生きたねこ』は
絶望の書か

1

百合原《ゆりはら》ゆかりは、三月の吉日に式を挙げた。

ところは軽井沢。会場は、素敵なホテルだったという。身内だけの集まりで、田川美《たがわみ》希《き》たち同僚は参加していない。ゲストは、軽井沢在住の作家、有明主水《ありあけもんど》先生ご夫妻のみ。新郎が洋々社《ようようしゃ》の編集者、藤堂《とうどう》。同業者だ。ゆかりも藤堂も、有明先生の担当。となれば、頷《うなず》けるご招待だが、美希は一瞬、

「……雨男対策か」

とも思った。

去年の秋、有明先生の作家生活二十周年を祝うバーベキュー大会が行われた。大学の新入生がキャンパスに足を踏み入れると、サークル勧誘の先輩たちが次から次へと襲って来る。そんな感じで、台風がやって来た秋だった。天候が心配された。そして、藤堂は人も知る雨男だった。

ところが有明先生の奥様が、最強の晴れ女だという。現代の矛と盾の対決は、曇りと

いう結果になり、雨は降らなかった。それどころか、三時頃には、わずかの間、雲間から光も差した。

――雨男、敗れたり。

人生の大切な日、空への盾を用意するのは賢い方法だが、その効果というより、新郎新婦の心掛けがよかったのだろう。当日はよく晴れたらしい。

三月は挙式だけ。ゴールデンウィークになったら二人揃って、沖縄の離島にスキューバダイビングに行く。そこがスケジュール的によかったわけだが、ゆかりがいうには、

「何年か前、三月にもぐりに行ったのよ。何しろ、沖縄でしょ。もう大丈夫かと思ったら、甘すぎた。さすがに常夏じゃあない。海に入ると、死ぬほど寒かったわ。その時、《今度は、せめて四月に来てください》っていわれたの」

透明感のある水中の眺めは、とてもとてもよかったので、かえって残念。蜜月の行事にリベンジも兼ねたいそうだ。

先輩の挙式写真は、

「見たいよお、見せてくださいよお」

というのが女子の礼儀、というか仁義だ。ゆかりは、希望者が現れた時のため、スマホに収めている記念写真を見せてくれた。藤堂が椅子に座り右斜めを、月でも仰ぐように見上げている。新婦のゆかりが脇に立ち、丸顔の小顔を新郎に向けている。

文学アルバムなどで見る昔の作家の結婚写真は、大抵、女が座って男が立っている。

現代はこちらが定番なのだろうか。経験のない美希には、よく分からない。

いかにも主役らしいゆかりは、優雅な物語のヒロインのようだ。とても、お得意なのが招き猫ポーズの女とは思えない。どこかの令夫人という感じである。思わず見入ってしまう。

「声も出ないの？」

「いやあ……」

「なあに？」

「さすが……、よく撮るもんですねえ」

「どういう意味よ」

「いや何、幸福な瞬間を見事に捉えたというか……」

編集部一同からの贈り物は何がいいか、ゆかりに聞いたら、ルンバだという。ご存じ、スイッチさえ押せば勝手に動き、床を掃除してくれる優れものだ。

「うーん」

編集長の丸山《まるやま》が立ち上がり、顎を撫《な》でている。視線の先は、ゆかりの机。当人はただ今、作家さんとの打ち合わせで出ている。

「どうしたんですか」

丸山は、空間を撫でるように手を動かし、

「……これだからな」

編集者の机の上は、片付いていないことが多い。本や原稿やゲラや書類が、次々に襲来する。その攻勢に敗北する者は数知れない。

ゆかりはどうか。壮絶といっていいようなちらかり方だ。

「はい？」

「あいつのうちでルンバが……動けるのかどうか」

丸山は、足の踏み場もない床を思い描いているようだ。

2

日本推理作家協会の会長も務めたことのある大御所が、村山富美男《むらやまふみお》先生。

現代小説から時代小説、海外を舞台にした超大作まで、次々に発表している。作品が素晴らしいだけでない。人格者である。さらにありがたいのが、締め切りを守ってくれること。神様仏様村山様だ。

先生の趣味が野球。見るだけではない。投げたい打ちたいという実戦派だ。しかしながら、一人で野球は出来ない。

協会には、学校でいう部活動や同好会のような制度がある。《この指とまれ》方式で、誰かがいい出せばいい。賛同者があれば、会が成立する。実際、囲碁や将棋、麻雀などは、有志の集まりが開かれている。

村山先生は考えた。

――頭脳プレーばかりではいかん。体も動かすべきだ。野球では……ハードルが高い。しかし、ソフトボールなら……。

そこで、《作家編集者の運動不足解消と懇親のため》に手をあげた。ソフトボール同好会の誕生である。以来、年に何回か試合が行われている。

美希の、文宝《ぶんぽう》出版での最初の部署は女性誌だ。そこから書籍、次いで今の『小説文宝』に動いた。その時、村山先生の係と入れ替わったので、初めてご挨拶に行った。

先生の事務所は神保町《じんぼうちょう》にある。

神保町はサラリーマンと学生の街。安くておいしい店があちこちにある。先生は日々パトロールをし、その発見発掘に努めている。地道な作業だ。そういう一軒で、ランチをご一緒した。路地を入った奥にある見つけにくい洋食屋だ。

村山先生は美希を見るなり、短めの白い顎鬚《あごひげ》を撫でつつ、

「むむ」

と、唸《うな》った。

「何でしょう」

ちょっと後ろに身を引き、

「いい体してるなあ」

一瞬、身構えたが、嫌らしい意味ではなかった。蛇《じゃ》の道は蛇《へび》である。伝わるものがあ

る。先生は続けた。

「――運動してたろう」

「はあ、バスケットをいささか」

「いささか、じゃないな」

軽い口調だが、見逃さないぞ、という鋭さが秘められていた。

テーブルに着くと、美希は大学名をあげ、

「体育会に入ってました」

先生は、おう、と感嘆し、

「そりゃあ凄い。――練習も半端じゃなかったろう」

運動部の強い大学だ。

「そうですねえ」

「どんな感じだった？」

美希は、地獄の日々を語り、

「あの頃は、とにかく眠かったですね。移動の電車の中で、疲労回復には糖分補給――と、三角のいちご飴なめてたんです」

「ふむ」

「立って吊り革つかんでても、たちまち眠ってしまう。膝がカクンとなって口が開き、途端に、飴が飛び出しました」

「分かりやすい仕掛けだな」

「前の座席で、おじさんが週刊誌を読んでたんです。飴はすうっと弧を描き、その上に落ちました」

雨なら降る。飴が降るとは天気予報にも出ない。

「びっくりだな」

「あわてて謝ったら、許してくれました」

「週刊誌でよかったなあ。グーテンベルク聖書だったら大変だ」

そんなものを電車の中で読んでいる人は、あまりいない。

「考えると、時間的には今の方が寝てないです。でも、あんなに眠いことはありませんね。——それだけ、体を使っていたんですねえ」

村山先生は目を細め、

「いいなあ」

「《いい》ですか?」

ランチが来た。先生はしかし、じっと美希を見つめ、

「我々は、——君を待っていた」

「わたしは、原稿をお待ちしてますが」

「それはともかく、だ」

ソフトボール同好会入会を確約させられた美希は、肉汁あふれる定食のハンバーグを

口に運びながら、聞く。

「推理作家協会にも同好会があるんですね」

「そうなんだ」

「文芸部はありませんか」

「……それはないなあ」

虚を衝《つ》いた。ショート急襲のヒットといったところだ。ハードボイルド作家が『マイ・ポエム』など書いていたら面白い。

「ソフトボールは、常時同好会員募集中ですか？」

「うん。洋々社に松井《まつい》という奴がいたんで、声をかけたが、……名前のわりに実力はなかったたな」

それはそうだろう。

「文宝出版にはイチローがいるぞ」

「ほ？」

「筏丈一郎《いかだじょういちろう》」

出版部にいる。なるほど、丈イチローだ。

「筏さんも、会員なんですか」

「うん」

そういえば昔、内野手として軽快な守備を誇ったと聞いたことがある。しかし、今ではあまりにも堂々たる体型になっている。

――大丈夫なのかなあ……。

と、心配になる。

3

ソフトボール大会は、年に数回。

初めて行った夏の日、美希は驚いた。

――皆な、本当に運動出来ないんだ。

そんな中では、筏丈一郎も十二分に戦力になっている。いや、そういっては失礼、堂々たるものだ。一塁も守る。時には安定感あるキャッチャーだ。大きな体でボールを受ける。バッティングもたいしたもので、クリーンナップを打つ。見直してしまった。いわゆるスポーツマンの基準でいったら、今の美希など話にならないレベルだが、ここに来れば鳥なき里のコウモリ。走れて、投げられて、キャッチング出来る。それだけで、

「おおーっ！」

と称賛を浴びる。

女性がピッチャーをやると、ボールがバッターボックスまで届かなかったりする。美

希には、その不安がない。ピッチャーへの打球の処理も出来た。

それより何より、いきなり連れて来られた女性編集者だと、ソフトボールや野球の概念そのものがなかったりする。これでは困る。

野球ファンは勝手なもので、野球ほどポピュラーな競技はなく、少なくともスポーツをやっている者ならルールぐらい分かる、と思っている。大きな勘違いだ。

美希でも、大学野球の応援には、実は優勝がかかった一戦にしか行っていない。バスケの練習が忙しくて、それどころではなかった。しかし子供の頃から、父の隣でプロ野球中継を観ていた。そこで、ルールを知っている。

「タッチアップ」

といわれても、何のことか分かる。

かくして美希は、同好会にとって、まことに得難い人材となった。プレーヤーとしての活躍もさることながら、幹事としても力を発揮した。これが大きい。軽井沢や修善寺《しゆぜんじ》での夏合宿を定着させた。

「何だか、本当の部活みたいだなあ」

と、村山先生が嬉しそうな顔をした。

サポート役としても有能で、新入会員が会になじめるよう気を配ったり、ポジションはどこがいいか、適性を判断したりする。腕に覚えのある人を、それなりにうまく配置する。

ソフトボール同好会の活動は、順調に続いた。それに合わせて、村山先生の文業もますます盛ん。

「ひとつ、お作を」

と、揉み手する美希の願いに機嫌よく応え、傑作長編の連載をはじめてくださった。あちらもよし、こちらもよし。めでたい限りである。

「先生、そろそろ古希《こき》のお祝いですね」

小説の打ち合わせが終わったところで、美希がいった。

「むうう。そうだなあ」

「何か、お祝いのご希望ありますか」

すると、先生はいった。

「……野球がやりたい」

4

ソフトボールもいいけれど、この機会に本当の野球を——というわけだ。

お気持ちは分かる。各社に連絡を取り、《村山富美男先生古希記念野球大会》が企画された。ソフトボールの場合は、大勢が参加出来る。作家チームと編集者チームで戦えた。しかし、軟式でも《野球》となればレベルが違う。参加者が限られる。編成出来るのはせいぜい一チーム。相手が必要だ。

幸い、村山先生は多くの趣味を持っていた。小学生の頃には講堂で落語をやり全校をうならせたそうだ。西部劇を語らせたらひと晩でも終わらない。ギターはコンサートを開き、それがテレビで放映された腕前だ。そして、――将棋も趣味のひとつなのだ。そのご縁から、将棋連盟の方々のチームが胸を貸してくれることになった。

「嬉しいなあ」

「腕が鳴りますか」

「鳴る鳴る」

野球好きでないと、踊り出したいような気持ちは分からないだろう。

さて、相手が決まったとなれば、こちらのチーム作りも進めねばならない。いい試合が出来なかったら、向こうにも失礼だ。

各出版社に声をかけ、眠れる逸材の掘り起こしにかかった。すると、春秋《しゅんじゅう》書店の編集者から耳寄りな情報が入った。

「うちの児童書にいる手塚《てづか》、元高校球児でピッチャーやってたらしいよ」

甲子園には行っていないが、県でも評判の剛腕だったらしい。

主役の村山先生が先発となる。三回は投げてもらう。しかし、そのあとが問題だ。試合となれば負けたくない。ピッチャーはいくらでも欲しい。七イニング制でも同じことだ。勝負には勢いというものがある。打たれだして止まらなくなったら困る。少なくとも、もう二、三人はほしい。

ソフトボールなら美希でも投げられるが、さすがに野球ではそうもいかない。喉から手が出る。

「ぜひ欲しいです」

かくして三月下旬の晴れ渡った日曜、運命の日はやって来た。ところは青山の野球場。都内とはいえチュンチュン、時折はチヨチヨと鳴く鳥の声が遠くから聞こえた。

集まった味方の面々は、応援も含めて三十数名。忙しい連中ばかりだから、試合に備えての合同練習などは、勿論やっていない。ぶっつけ本番だ。

この日のために作られた、遠くからはユニフォームのように見える縦縞のTシャツが配られる。胸には、それらしい字体で《Ｃｏｃｋｉｅｓ》と書かれている。

「これ、何と読むの？」

シャツ担当になった春秋書店の人に聞くと、

「コッキーズ」

「コッキー？」

「《生意気な》っていう形容詞だけど、この場合は《古希》のことです。無理やり名詞」

「じゃあ、我々皆、七十？」

「まあ、そう深く考えないの」

会社のエレベーター前で、

――筏さんも出ますよ。

と誘ったら、八島和歌子《やしまわかこ》も来てくれた。『ドラえもん』ファンの女子である。コート、カーディガンを脱ぎ、シャツの上にゆる目のTシャツを重ね着して、応援してくれた。カープ女子ならぬ生意気組、コッキーズ女子の誕生である。

帽子も出来ている。

下の方は、きちんと野球用のユニフォームパンツの人もいれば、ジャージのズボンの人もいる。しかし、揃いの帽子にTシャツを着ると立派な《村山コッキーズ》の誕生だ。ランニングや肩慣らしをして、試合に備える。

足のすらりと長く、肩幅の広い男が美希の前に立った。美希が世話役だと聞かされ、挨拶に来たのだ。

「どうも、手塚です」

美希を見た時の村山先生ではないが、

――いい体している。

と思った。

辺りを見回したが、筏は今、ウォーミングアップする村山先生の球を受けている。野球チームの正捕手としては、洋々社の安西《あんざい》という男がいる。内野手だった筏と違い、キャッチャーが本来のポジション。何と大学では、プロに行った選手の球も受けていた。彼がいれば問題ないのだが、あいにく欠席。来たがっていたのだが、はずせない出張と重なってしまった。

美希も、グローブなら持っている。

「すみません。とりあえず、わたしとキャッチボールしていただけますか」

「はい」

素直な声と共に、長身が美希の左を通り芝に向かう。人が脇を抜ける時のわずかな風が、美希の頬をふわりと撫でた。

——三十ぐらいかな。

それにしては、大学生のような体型を見事に保っている。

離れて向かい合うと、手塚はふわりとボールを投げた。

——あれ……？

難しい球ではないのに、何か違う。腕の動きから受けるイメージ以上にボールが伸びる。手首が違うのだろう。

——やばいぞ、こいつ。

と、美希は心でつぶやいた。

5

「僕じゃ、駄目だよ」

と、筏が恐怖の声をあげた。手塚の球を受けてみたのだ。

「今ので、何割ぐらいですか？」

と、美希が聞く。

「三、四割でしょうか」

と、手塚。それぐらいの力で投げたのだが、野球をやっていた筏には、十割が予想出来る。軽く投げてこれかと、ギブアップしたのだ。

「安西さんでなきゃ、受けられないよ」

——宝の持ち腐れ。

という言葉が、美希の頭に浮かんだ。バッテリーは二人でひと組。素晴らしいボケがいても、突っ込みに人を得なければ力量を発揮出来ない。何とも、もったいない。

宝は宝。うまく使えばいい。

「何とか、抑えをお願いしたいな。ねえ、筏君。五割で投げてもらったらどう」

「……まあ、そうしてもらえばね、何とかはなるけれど」

試合は、村山先生の先発で始まった。無駄に力の入らない綺麗なフォームだ。

「七十でしょ。投げてるだけで凄いよ」

という声もあったが、それどころではない。三回を投げて被安打ゼロ。フォアボールにエラーがからんで二点を失ったが、背番号入り上下揃いのユニフォームを着ているようなチーム相手に自責点一——という堂々たる投球ぶりである。

二対〇のまま、試合はしばらく進んだ。五回の裏、

「外野の向こうに、墓地が見えるぞ」

と村山先生。場所が青山だから、そうなる。

「ですから？」

と、美希がいうと、

「ボチボチ反撃だ」

脱力したが、言霊《ことだま》の力か安打が続き同点。追いついた。そこで打席には村山先生が立つ。投球こそ終わったが、ＤＨで打線に残っているのだ。

一球目は外角低め、次は内角にはずれた。悠然と見逃す村山先生。三球目のファウルチップに好打の予感があった。

ところで、かつてセ・パ両リーグで活躍したホームランバッター大杉勝男《おおすぎかつお》。彼を育てた名コーチは、その特質を見抜き、レベルスイング――つまりバットは水平に振らねばならないとされた時代に、

――大杉、お前は、あの月をめがけて打て。

と、漆黒の天空に輝く黄金の円を指さした――という。球史に残る名言のひとつだが、
村山先生のバットは一閃《いっせん》。

ボールは墓地を目がけて飛んだ。《ボ》の字が頭韻を踏んでいる。

打球はレフトオーバーの、見事な逆転打となった。

しかし、好事魔多し、チャンスの後にピンチあり。続く六回の表にあっさり四点を取られ、再逆転されてしまった。

これ以上、取られるわけにはいかない。

「手塚さんで行きましょう」

と、美希が進言。

全力投球出来ず、緩急の差に本来の力を発揮出来ない手塚だが、それでもコントロールと沈む球で危なげなく抑える。出たランナーは全て、内野のエラーによるものだった。安西が受けていたら、おそらく三振の山を築いたろう。

試合の結果は、残念ながら相手に勝ちを譲るものとなった。村山先生は、早速、

「ぜひ、再戦をっ！」

と、相手の代表に声をかけていた。勝っているだけに向こうも満更でもない表情で、

「はあ」

と答えた。村山先生の勢いから考えて、近いうちにもう一戦ありそうだ。

6

こういう試合の楽しみは、終わった後の打ち上げにある。

チェーンの居酒屋で乾杯となった。村山先生も、手塚の投球に注目していた。

「リベンジ戦やるから、ぜひ来てね」

と、真っ先に誘っている。手塚は、彫りの深い顔に、無邪気な笑みを浮かべ、

「こちらの方こそ、お願いします。しばらくぶりにマウンドに立てて、嬉しかったです」

筏も童顔をほころばせ、

「いやあ、いつ本気出されるかと思って、おちおちしてられませんでしたよ。――今度は、安西さんという、ちゃんとしたキャッチャーが来ますよ。そこでぜひ、実力見せてください」

応援で来ていた女性陣も、期待の声をあげる。すでに再戦は既定の事実となった。

手塚は、自社の者以外、顔見知りのいない場で、未来のヒーローじみた扱いをされるのが窮屈そうだ。

「いや……」

と受けながら、酢の物などつつき、後は周りの連中と、体力をいかに落とさないか――などと話している。

こういった素朴な感じは悪くない。

宴が進むうち、美希はわざわざ来てくれた手塚をねぎらおうと、近くに行った。ビールを注ぎ、児童書の話、その方面のロングセラーについて聞く。

脇で、山賊のような髭を生やした男が、

「『ぐりとぐら』ーっ」

と叫んだりする。焼酎をあおりながら、

「あのホットケーキは、永遠の憧れだっ」

女性陣が《何々》と集まって来て、絵本の話になる。

当然のことながら、好きな本の話になる。それぞれ思い入れがあるから、力が入る。

「『いちごばたけのちいさなおばあさん』！ 雪の下から掘り出すイチゴが、すっごくおいしそうだった」

「やっぱり食べ物のことが印象に残るよね」

と盛り上がっているると、頬のこけた男が顔を突き出し、

「……『くわずにょうぼう』」

筏がその後ろから、

「エドワード・ゴーリーを忘れるな！」

八島和歌子は、首をちょっと傾け過去を回想しつつ、

「わたしはね、『サラーのおへや』。小さい頃の愛読書です。でも、いつの間にか、どこかに行ってしまいました」

『プンクマインチャ』という声もあった。美希は首をかしげるばかりである。手塚は、分かる本も分からない本も、それぞれにボールを返すように、答えを返す。

美希は、

——定番かな……。

と、思いつつ、

「忘れられないのは、『100万回生きたねこ』ですね」

佐野洋子の名作。書かれてから四十年以上経つのに、いまだに版を重ねている。多くの人に愛され、舞台化までされている。

百万年も生き、百万人に可愛がられた猫がいた。王様や、船乗りや、泥棒や、女の子の猫になり死ぬたびに飼い主は泣いた。でも、彼は泣かなかった。誰にも飼われない野良猫になった時、《だれよりも　自分が　すきだった》この猫は、《白いねこ》に出会う。そして、そのそばで《いつまでも　生きていたい》と思う。《白いねこ》を失った時の猫の嘆きの絵、大きく開かれた叫びの口は、今も美希の目に焼き付いている。

だが手塚の反応は、ほかの女子に対するものとは違っていた。ビールのコップに目を落とし、美希にというより自分に向かってつぶやいた。

「僕は、あれは……絶望の書だと思うな」

愛する者との絶対的な別れがあるから、つら過ぎるというのか。それにしても斜に構えた口ぶりに思えた。

直球を投げる相手と思っていたのに、食い込むシュートが来たような気がした。

美希は、口に出さずにつぶやいた。

——嫌なやつ。

7

四月に入ってすぐ、大阪で、美希の担当する作家さんのトークとサイン会があった。土曜の夕方五時から六時までお話、そのあとサイン会というスケジュールだ。お客さんも集まり、反応もよく、大成功だった。

「ありがとうございます。よく売れました」

と、書店さんも大感激。夜は打ち上げになる。近くのおいしい店が手配されていた。あれこれと話に花が咲く。

作家さんは新大阪駅のホテルに泊まるが、美希は夜行バスで帰らせてもらう。そろそろお開きにしなくてはという十時頃、美希のスマホに着信があった。

——仕事か。

と思ったら、母からだった。

土曜のこんな時間にメールが来ることは、あまりない。開いて、少しの間、動けなくなった。

お父さんが倒れたの。救急車で運ばれ、今、病院。また、連絡します。帰れるようなら、来てください。

「どうかした？」

と、いわれた。顔付きが変わっていたのだろう。心配をかけてはいけないと、

「いえ、ちょっと。……あの、十一時の夜行バス、取ってありますんで、……申し訳ありませんが、わたくし、そろそろ失礼させていただきます」

出発の場所は梅田で、目と鼻の先だ。書店の方がまず立ち上がり、

「そうですか。じゃあ、遅れるといけませんから」

先生も立ち、

「今日はいろいろと、本当にどうも、ありがとうね」

外に出る。四月でも深夜となれば、風が冷たい。ちょっと前まで、ひと仕事終えた解放感の中にいたのが嘘のようだ。

大きな病気は、あまりしない父だった。小さい頃からの、あれやこれやを思い出す。

当たり前なら、とうに消えているようなことが浮かんで来る。美希が小学生の頃、父が日常の出来事を、漫画に描いてくれたからだ。その中で、美希は《こねこ》のキャラクターで登場する。父や母は人間なのだが、美希は両足で立つ猫になっている。

父は、ページに罫《けい》のないハードカバーの《白い本》に、美希の日常を記録してくれた。チョコレートを食べた父に《どうでしたか、おやじ》といい、《おあじ》の間違いだったという猫。縄跳び大会でがんばり二百二十二回も跳んだ猫。風の強い日、庭に《たこ

まち》と書かれた紙の切れ端が舞い込んで来たのを《あきたこまち》の一部だと推理した猫。

そんなことが描かれていた。

夜行バスの座席に着く。四列シートの女性専用車だ。何度も使ったことがあり、慣れている。いつもなら座ったところで、

――やれやれ。

と、緊張が解ける。だが、今は落ち着かない。少しでも早く動き出してくれないかと思う。

夜、急に倒れた――というのなら、頭の血管がどうにかなったのではないか。父の声を、もう一度、聞きたい。

小学校にあがる前だろうか、美希が父に昔話をした――という漫画もあった。猫が自慢げに口を開いている。《イヌとサルとキジがブレーメンの町に行きました》。それから、どうなったのだろう。父が描きとめておいてくれたから、その一瞬が残っている。もう消えてしまった一瞬が。

そこで、スマホが揺れた。

だいぶ苦しがっていますが、意識はあります。MRIでは、さいわい、脳に異常はないとのことです。

ほっとした。
バスが動き出し、大阪の街の明かりが窓の外を流れて行く。美希は目を閉じ、
……私の一番の絵本は、父の描いてくれた、あの漫画かも知れない。
と、思った。

8

普段でも、夜行バスではほとんど寝つけない。今夜はなおさらだ。
高速道路に乗り、しばらく行ったところで、続報があった。

点滴を入れながら、ベッドで横になりました。落ち着いて来ました。

それを読み、少し、ほっとした。
母は二時頃、父が眠ったのを見届け、深夜タクシーで家に帰った。何とか山を越えられたのだ。今日の面会時間は、午後からになるという。

八時過ぎには、うちに着けると思う。寝ていてください。

と、メールを送る。

バスは七時五十分に新宿に着いた。すぐにタクシーで、中野の家に向かった。音を立てないように玄関の鍵を開けたつもりだったが、すぐ母が起きて来た。寝間着に半纏《はんてん》をひっかけている。

台所と繋がった居間は、美希が来るので、エアコンを入れたまま、温かくなっている。美希はガスに火を点け、まずお湯を沸かしながら、事情を聞く。

母が、レンジでチンするゆたんぽの用意をしていると、よろけながらトイレに向かう普通ではない足音がした。行ってみると、父はもう立てなくなっていた。

救急車を呼んだ。

「ひどいめまいで、うちがぐらんぐらん揺れるんだって。それから凄い吐き気」

「……大変だったたねえ」

「本当に。お父さんが一人暮らしだったら、どうなってたかと思う」

「お母さんはどう？　少しは寝られた？」

「うん。休まないといけないと思ったけど、何か気になってね。お父さんの着替えとか髭剃りとか用意してた。――明け方から横になったけど、ちょっと、とろとろしたぐらいだね」

美希はコーヒーをいれ、母にはコーンポタージュスープを温めた。それを飲んで、またしばらく休んでもらう。

家の中に娘がいれば、心の緊張が少しは解けるだろう。

9

父の病室は三階の四人部屋。ベッドは、明るい窓際にあった。

整えていないせいだろう。もじゃもじゃの髪にいつもより白髪が目立つ。

美希が顔を見せると、父は、転んだところを見つかった子供のような表情になり、

「いやあ、驚いたよ。まさか、救急車で運ばれるとはなあ。……自分がこうなるとは思わなかった」

力は弱いが、普通にしゃべれる。父は母に、勤務先の学校への連絡を頼み、

「今年は副担任なんだ。四月から担任が倒れたら、生徒が困るからな。そこはよかった」

もっと悪い状態も想像していたから、そういう配慮の出来る父を見て、安心した。

「めまいはどう、もういいの？」

「朝方は、まだ」と、ベッドの足元の方の天井を示し「あの辺が、ゆらゆらしていたけど、大分落ち着いて来た」

「よかったね。——脳も大丈夫だったんだよね」

「ああ。……運ばれてる時も、苦しかった時も、ずっと意識ははっきりしてた。……何が起こってるか分かってた」

「そうなんだー」と、美希は安堵の声を伸ばし、「食べるものは？　食べられてる？」

「ちゃんとしたものは、まだ無理だ」

母が、

「ジュースはどう？　いただきものの、いーい葡萄ジュースがあるわよ」

「ああ、あの……高いやつ」

「全部、飲んでもいいわよ」

父は、にこりとし、

「そりゃあ、うまい話だなあ」

「何か、持って来てほしいものはある？」

「そうだなあ。……落語なら聴けそうだ。となれば、CDプレーヤーとイヤホンか」

どのCDがご希望か、美希がメモを取る。母を休ませたいので、今日はいったん帰り、ジュースとプレーヤー類を持って、美希だけ、もう一度来ることにした。

10

持って来たプレーヤーをセットした。

脇の椅子に座り、父の不精髭《ぶしょうひげ》の生えた顔を見ているうちに、ふと思い出したことがある。

「そういえば、──うちに『100万回生きたねこ』、なかったよね」

父は、けげんそうに、

「何が《そういえば》なのか、分からないが、確かにないな」

本は、あちらこちらに溢れているうちだ。無論、絵本も数多くある。それなのに、あの名作がないのは不思議議だ。

「読んでない？」

「いや。お前がまだ生まれてない頃、図書館で開いたな」

「図書館で？」

「ああ、その前に佐野洋子のエッセー集を読んだんだ。ハードカバーで、表紙か背表紙にオレンジ色が使ってあった」

「題は？」

「佐野洋子は何冊か読んだから……さて、何という本だったかなあ。ただ、ほかのは文庫本だ。最初に読んだのが、そのハードカバーだった。……処分した覚えはないから、多分まだ、うちの書庫にあるんじゃないかな」

眠っている佐野洋子。今日は実家に泊まるつもりだ。帰ったら探してみよう。

「それを読んで、『100万回生きたねこ』を探しに行った──ってこと」

「ああ」

「どうして？」

「そのエッセー集は、いくつの時こんなことがあった、また、いくつの時には……という風に書かれていた。……それぞれの時代に、痛みがある。高校が終わり、美術の予備校時代のところは活字が小さくなった。そのあと、字の大きさが普通に戻ったところだったから、余計、印象が深かったのかなあ。特別な男の子のことが出て来る。……物凄く才能があって、とんでもない変人。奇行は数知れず。でも、魅力的なんだ。その子が《私》のことを、皆に自分の恋人だというんだよ。くっついて来たり、ものをくれたり、素晴らしいアドバイスをくれたりする。《私》を才能があるとほめあげてくれる。はたから見たら、熱々のカップル。……でも、実のところ、男と女の関係でも何でもない。彼には恋人がいて、そんなことも平気で《私》に話す。おかげで、《私》の方は、誰も寄って来ない。大迷惑」

「何だか、――とっても切ないね。ありそうもないけど、これ以上ないほどリアルにも思える。――横にいるんじゃなくて、斜めのところにいる運命の人」

「いかにも実体験風だけど、もの書きが書くんだ。全てが本当のこととも思わないけれど、何かの種はあったんじゃないか」

「うん」

「その著者紹介を見たら、『１００万回生きたねこ』の作者だと分かった。《この本は、聞いたことがあるな》と思って、すぐ図書館に行ったわけだ」

今より三十ぐらい若い父が、絵本を開く姿が見える。

「それで？」

「つらかったな」

11

確かに、愛するものとの別れを読むのはつらい。

父はそこで、

「ちょっと、葡萄ジュースもらっていいかな」

小さな瓶入りだ。紙パックでないところに、有り難みがある。父は、背を斜めに上げたベッドの上で、ちょっと首を起こす。

キャップをひねって渡してやる。

美希は、少しずつジュースを口に運ぶ父に、手塚の話をした。剛球投手であり、春秋書店で児童書をやっている。

野球大会の打ち上げで『１００万回生きたねこ』を《絶望の書》だといった。

「皆が感動的だという本だから、わざとそんなこと口にしたんじゃないかな。――嫌な感じだよね」

だが父は、葡萄ジュースの瓶を握った手を止めた。そのまま、それを胸の前に出ている、白い移動テーブルの上に置いた。

「もう、飲めない？」

「……いや、ちょっと待て」

前の壁を見つめて、しばらく黙っている。

「どうしたの？」

「三十年前……」

「うん」

「お父さんが、『100万回生きたねこ』を読んだ時の思いも、まさにそれだな」

手塚と父ほど重ならない像はない。父が剛球を投げるとは思えないし、手塚が父と同じ思考をするとも思えない。

「——どういうこと？」

「猫は百万回も死んで、それでも生き返って来た。つまり、……本当には死ななかった。どうしてだ？」

「え？」

父はいった。

「生きてなかったからだろう？」

「あ……」

いわれてみれば、その通りだ。

「猫は自分自身が大好きで、どんなに愛されても愛を返すことはなかった。しかし、百万一回目の生で、白い猫と巡り合う。初めて愛することを知った、生きた。だから、最後に死ぬ。二度と生き返らない」

「うーん」

「するとだよ、《百万一人いて、生きられるのは一人しかいないのか？》という、叫びが胸に湧いて来ないか」

なるほど、とは思う。

「だから《絶望の書》？」

「ああ。そういうしかないだろう」

父は、今話した佐野洋子の《変人》の話に魅かれて図書館に走り『100万回生きたねこ』を開いた。それなら、そこに孤独の旋律を聴き取るのも頷ける。

「でも、……これは《純粋に愛する》ことへの賛歌でしょう」

「そりゃあそうだ。佐野さんは、そのつもりで書いてる。作者の意図としてはそうなる。《愛する》ことの掛け替えのなさを、見事に絵と言葉で表現している。それは分かるんだ。……でも、百万と一回目に出会う相手は、純白の美しい猫になっていた」

「まあ、そりゃあ愛の対象としての、抽象的存在だからねえ。そうした方が分かりやすいでしょう」

「しかし、それは男の猫から見た、いかにも勝手な像に見えてしまう。彼女には欠点がないんだ。……なあ、どう思う？　純白で、美しい猫でなかったら、まことの愛の対象にはなり得ないのか。……それでいいのか」

「……う」

「それからね、百万と一回生きて、自分にとって完璧な相手と巡りあう。だが……その自分は、相手にとって、はたして完璧な人なんだろうか？」

追及はきびしい。

「痛いことというわね」

父は、葡萄ジュースの残りをしみじみと味わいながら、

「奇跡の巡り合いに、百万一回はいらない。どの巡り合いもそうなんだ。……そうして巡り合った、あれやこれやの欠点を持った二人が、相手の嫌なところや許せないところに怒り、爪を立て合いながら、ゆっくりと育てて行く。……愛とは、そういうものじゃないか」

「それって……ごちそうさま、なのかな」

父は微笑み、

「……今度、こうなって、お父さんが横になって目を開けられないでいる時、お母さんが《苦しかったね、苦しかったね》といってくれた。それが聞こえた。……答えられなかったけれど、それがどんなに支えになったか知れない。……聞こえたのはね、他人で

はない者の声なんだ。……言葉なんだ」

12

「本の読み方にひとつの正解はない。『100万回生きたねこ』を読んで、素直に感動するのは正しい。……しかし、《絶望の書》だと感じてしまう者を、ただ、ひねくれてるとはいえないんじゃないかな」

本は一冊でも、読みは読んだ人の数だけある。それが本の値打ちだ。

手塚が、どんな意味であの言葉をいったのかは分からない。だが、いわれてみれば、そういう読み筋も、無理なく浮かんで来る。

球場の予約を取るのは簡単ではない。急いでも三カ月先にはなるだろう。リベンジ戦にも手塚は来るだろう。

その時、彼を不愉快な顔で迎えなくてすみそうだ。父のおかげである。

家に帰り、父の書庫に入った。佐野洋子のハードカバーを探す。

「これだ!」

書棚の下の方にあった。背表紙がオレンジ。『恋愛論序説』という本だ。冬樹社から一九八四年に出ている。確かに、美希が生まれる前の本だ。

夕食は、あり合わせのもので作れて、お腹にやさしい鍋物にした。

その後、本を開いた。

「十七歳・秋」から章がかわると無題になり、小さい活字になる。読んでみると、父のいったように予備校時代というわけでもない。美術大学でのエピソードも含まれている。次の、変人のガラの話になったところで、「二十一歳・夏」と章題がつき、活字が普通に戻る。

そこには、ガラと《私》、互いに好きな人は別にいるという二人の奇妙な関係が生き生きと書かれていた。

文句のつけようのない仕事をするので、皆なに尊敬されてもいます。私もすごいなあと頭が下がるのですが、ガラが、ずっーと私にべったりくっついていて、学校でわざと、「どけどけ、この人は僕の女ですからね」とどなるのです。私と特別どうこという事は全くないのにわざとやるので、私には、全く男の子が寄りついて来ません。

ガラは、私の才能を買ってくれている唯一人の人なのです。

私を全く無視してモデルが来たら、「ハッハッ」と言いながら描き出しました。ものすごくうまいので、皆なうしろからのぞき込んだりしていて、私はムシャクシャしました。私もガラのことを無視して描いていました。五分休みに突然うしろで「線がきれいだけど、走りすぎているよ。もう少し紙の中に収める様にしないとはみ出した部分がごまかしになっちゃう。全体を収めてから、こういうのやるといいよ」という声がして、勿論ガラなのです。

13

美希は、自分でも持っていたくなり、あとで文庫版も買ってみた。そちらの『恋愛論序説』は、「十七歳・秋」が終わっても、活字の大きさがかわらない。予備校の話から、もう「二十一歳・夏」となっている。

文字のサイズの大小や無題の章を置くことに、意図がないわけはない。作者が了解したにしろ、直されたのが残念だった。

「文庫版あとがき」には《もう忘れてしまったものだったので、再び読むのは苦痛であり「あー、あー、あー」と思うばかりである》と書かれていた。

父は、おかゆから始めて普通の食事がとれるようになった。ふらふらしながらも歩けるようになり、六日目に退院出来た。

火鉢は飛び越えられたのか

1

勤め人の耳には、蟻に砂糖のように響く筈《はず》の甘い言葉、ゴールデンウィーク。

しかしながら、休日と休日の間は当然、出勤日になる。こんな日は、また当然――といおうか、社内の人口密度は低くなる。

休んでしまえば大型連休が超大型連休になる、という理由もある。新婚旅行などには最適だ。誰でも考えるが、それだけではない。こういった日に出社しても、仕事の能率が悪いのだ。

田川美希《たがわみき》は編集者である。作家の先生からいただいた原稿を印刷会社に送る。それが、指定通りの形に組まれたゲラとなって戻って来る。これを出校という。

ゲラが出れば、校正に回せるし、疑問点の検討も出来る。ところが五月一日、二日はこの出校がない。

どういうことかといえば、五月一日はいうまでもなくメーデー、そして二日は印刷会社の創立記念日なのだ。

その後は、憲法記念日、みどりの日、こどもの日、などと、怒濤の休みが続く。職種によっては差し支えないだろう。しかし、美希のいる部署は『小説文宝《ぶんぽう》』、月刊誌だ。前号次号と同じ厚さの雑誌を、決められた刊行日に出さなければいけない。ゴールデンウィーク明けに様々な仕事が、ゆるキャラが後ろからぐうーっとおんぶするように、のしかかって来る。

こうなると休みも、羽が思いっきり伸ばせて嬉しい、という感じではない。正直なところ、

――こんな連休は、困るなあ。

と、思う。

美希は、五月一日、二日も会社に出て、出来る仕事だけ、こつこつと進めておいた。作家さんの中には、ゴールデンウィークという世間の習わしなど、どこ吹く風で生活している人がいるから、入って来る原稿もあり、それを受け取ることも出来た。

やるべきことが、少しでも進むのは嬉しい。

美希は、マラソンでいえば、何キロ地点まで来た――というように、効率よく、あるところまで仕事を進めた時の、一段上るような達成感が好きだ。

先輩の百合原《ゆりはら》ゆかりが結婚し、新婚旅行代わりの沖縄水中遊泳などなどの旅に出掛けていた。会社の机にいても、ゆかりの目に映る南の海のきらめきを思い浮かべると、心が休まった。

新婚の甘い生活と、沖縄の透き通ったマリンブルーの中の青い生活。二つが重なる。

——離島でダイビングか。クマノミか。

クマノミというより、ディズニーのアニメの主人公になってからは、ニモという方が通りがいい。オレンジ色に白の縞のある、愛嬌のある魚だ。クマノミにでも、出会っているかな。

2

帰って来たゆかりが、いった。

「クマノミちゃんどころか、もっと——凄いのに会っちゃったわよ」

「マイケル・ジャクソン？」

「海にはいないわ」

陸でも出会えないだろう。

「それじゃあ何です」

「マンタ」

「って、あのエイですか」

「そうそう」

「大きいんでしょう」

「大きいなんてもんじゃない。さすがはマンタ。センタでもヒャクタでもない」

「はああ……」

「側に来ると、視界が全部マンタになっちゃう」

決して大袈裟ではないらしい。

「ラッキーチャンスを捕まえた私。出会いってあるものねえ」

編集長の丸山《まるやま》が、顔をあげ、

「百合原はもう旦那を捕まえたんだから、十分だろう」

「いーえ、わたしなんかは同業者が相手ですから、職場結婚みたいなもんです。凄い偶然なんかじゃない。――わたしの友達にはいますよ、奇跡の人」

「ほう」

と丸山は、聞く態勢になる。ゆかりはなかなか、聴衆の心をつかむのがうまい。

「スペインの交差点でキョロキョロしてたんです」

「――その友達が？」

「ええ。旅先で、道が分からなくなったんです。手ごわそうな相手は避けたい。そうしたら、十歳ぐらい年下の、睫毛《まつげ》の長いスペイン人男性が通りかかった。《この人なら大丈夫》という直感があったんで道を聞き、結局、その人と結婚することになりました」

「……いやあ、五分前にそいつが通り過ぎてたら、運命が変わってたわけだ」

「そうですね」

「外国だからな。運命の出会い感が高いなあ。――そういやあ、この間、たまたまテレビ見てたら、南米で路上強盗に遭い、殴り倒されて、金目のもの全部取られた人のことやってた」

「強盗との、運命の出会いですか？」

「そうじゃあない。そりゃきっかけだ。――道に倒れてると、現地の女性が通りかかり、助け起こしてくれた」

「スペインといい南米といい、よく、通りかかりますねえ」

「一文なしになったから困り果てた。そうしたら女性が、とりあえずの小銭を貸してくれた。それを返したりするので、お付き合いが始まり、結婚して、――今では千葉で暮らしているそうだ」

ゆかりは、ぽんと手を拍《う》ち、

「殴られてみるもんですねえ」

丸山は顎を撫《な》で、

「人間万事塞翁《さいおう》が馬。――何が幸か不幸か、簡単には分からない」

「どうです。編集長も南米に行って、やられてみたら」

「俺は手遅れだ」

「はい？」

「もう結婚してる」

なるほど、といいつつ、ゆかりは編集部へのおみやげを配る。ミミガーチップ。豚の耳のジャーキー風。

美希は、早速、一つ、つまんでみた。コリコリしておいしい。

「こりゃあ、いいですね」

「でしょう？」

と、ゆかりが自慢の鼻をうごめかす。

「でも、難点がひとつ」

「何？」

「ビールが飲みたくなる」

美希は、そこで思った。

文壇の大御所、村山富美男《むらやまふみお》先生は、野球好きで知られていた。その古希を祝って行われた将棋連盟チームとの試合。村山先生率いる、作家、編集者からなるＣｏｃｋｉｅｓ《コッキーズ》は惜敗を喫した。

ちなみに《ｃｏｃｋｙ》とは、本来《生意気な》という意味だが、この場合は《古希》の洒落《しゃれ》である。

試合終了と同時に、村山先生は相手にリターンマッチを申し入れた。

ところが、野球と将棋の違いのひとつが、会場の必要性だ。条件のいい球場は、どこも予約が一杯である。出来るものなら、二回戦も一回戦と同じ舞台でやりたい。青山の軟式野球場だ。

そんなわけで、リベンジの機会はかなり間があいて七月となった。

ミミガーチップがそこまで残っているわけはないが、暑い盛りになる。

——うーん。さぞ、うまいだろうな。

と、ビールのジョッキを思い浮かべる美希だった。

3

ゴールデンウィーク明けの仕事は、そこに全てが集中するのだから、やはり大変だった。仕事を踊りとするなら、伴奏のテンポが異常に速くなる感じ。

それも、夏に阿波踊りがあるように年中行事と思えば、何ということはない。例年通りにこなし、ほっと一段落。

緊急に読まなければいけない資料とは別に、とっておいた雑誌にも手を伸ばせるようになった。

読めたものの中に、今、働き盛りといおうか、素晴らしい本を次々と出している作家さんの講演記録があった。

作品と言葉について語る、内容のあるものだった。美希は読み終えて、頷《うなず》きつつ、また読み返した。

中に、こんな一節があった。

有名ではありますがどこで読んだのかどうしても思い出せない、こんなエピソードを知っています。

徳田秋声《とくだしゅうせい》と泉鏡花《いずみきょうか》は、ともに尾崎紅葉《おざきこうよう》を師匠としていました。鏡花は師匠をたいへん尊敬していたのですが、一方で秋声はあまりそうではなかった。紅葉が亡くなった後、彼の全集を編もうという席で、秋声がこんなようなことを言ったそうです。

「紅葉というのは甘いものが好きで、甘いものをあんなに食べていたから早く死んでしまったんだ」

これを聞いた鏡花は、兄弟弟子の言うこととはいえ敬愛する師匠のことですから、黙っていられません。二人の間にあった火鉢を飛び越えて、秋声を殴りつけてしまった。その後、帰りの車のなかで秋声は泣いたということです。

火鉢を飛び越えて――というのが、いい。古めかしい譬《たと》えになるが、牛若丸が弁慶をやっつけるような身軽さだ。名場面、と喜んでいいかどうか分からないが、文学史上の印象に残る一コマではある。
尾崎紅葉は、熱海の海岸散歩する貫一、お宮の二人連れ、の『金色夜叉』で有名な人。明治期の大流行作家だ。弟子は多かったが、中でも徳田秋声と泉鏡花は藍より青いビッグネーム。共に大部の全集が出ている。

そんな二人が殴ったり泣いたり。まるで子供の喧嘩だが、巨人同士の戦いと思うと味わいがある。

ところで、読み返した時、《どこで読んだのかどうしても思い出せない》というところで目が止まった。

——こういうのって……。

食べ物に譬えるなら、父親の大好物だと思った。

美希の父は、高校の国語教師。難題を抱えて行くと、鮮やかに解いてくれる《解決》の自動販売機のような存在だ。まして、紅葉、秋声、鏡花に関する問題となれば、定年も近い国語の先生には、どんぴしゃりの守備範囲ではないか。

答えが出れば、いいことがある。編集者としてありがたい。エピソードの出典が分かれば、

——この間の講演記録にあった件ですけれど……。

と揉み手をし、現在、注目を浴びている先生に擦り寄ることも可能ではないか。

有能な作家さんというのは、編集者にとって、窓辺に向かって愛の唄を語りかけたいような対象だ。

——あ、ハンカチ、落としましたよ。

といったきっかけがあるなら、つかみたい。

美希は、その夜、実家に電話を入れた。

「おお、おお」

と父の声。嬉しそうだ。

「その後、どう？」

ひと月ほど前、父はめまいと吐き気で倒れ、救急車で病院に運ばれたのだ。

「まあ、何とかやってる。完全に前と同じともいえないが、日常生活には差し支えないよ」

「頭は動くね」

「……大きく回すと、戻した時、ごく軽い違和感がある」

「いや。──物理的にではなく」

美希は、講演記録中の《謎》について話した。問題の部分は、読み上げた。

「ふんふん」

案の定、食いつきのいい声だ。

「これ、知ってる？」

「ああ。確かに、有名な出来事だ」

といった後、父は一拍置いて、妙な言葉を付け加えた。

「真理は──時の娘」

わけが分からない。

4

「何、それ？」

「うーん。簡単には話せないなあ。あれこれ、資料を揃える必要もあるから、土曜か日曜にでも、うちに来るといい。——懇切丁寧にレクチャーしてやるよ」

「うわあ」

マニア心をくすぐってしまったらしい。

「嬉しくないかい」

「嬉しいよん」

と、思わず、百合原ゆかりが乗り移ったような返事をしてしまった。

何でもいいから、とにかく実家に顔を出してほしい——というのが、父の本音だろう。校了明けだから、時間の余裕はある。次の土曜、中野の家に行った。

父は退院後、気のせいか、少し痩せたような気がする。

「倒れる前、少し、夜更かしを続けたんだ」

「あたし達には、毎度のことだけどね」

「年を重ねると若い時のようにはいかない。お父さんだって、大学の学園祭の時には、二晩完徹したことがある」

「カンテツ？」

「初志貫徹じゃない、完全徹夜だ。二日目、朝の電車で帰った。その時には、さすがに睡魔に襲われ、乗り過ごしそうになった」

「はあ」

「それでも平気だったんだがな。——この年になると、もういけない。あれから、夜更かしが恐くなった。もう出来ない」

ちょっと寂しそうだ。

「老人は早起きだっていうじゃない。だとしたら、早く寝なくちゃ。それが自然。——早寝早起き、よい老人」

「あんまり、老人、老人っていうなよ」

夕食後、コーヒーにアップルパイが出て、レクチャーとなった。

「まずは、『時の娘』だ」

「うん。そんなこと、いってたよね」

「ジョセフィン・テイという、イギリスの作家の小説だ。さて、——イギリス歴代の王様の中で、人気のあるのが獅子心王といわれたリチャード一世」

「ライオンハートかな」

「それから、フランスに勝ったヘンリー五世。——一方、評判の悪いのが、失地王といわれたジョン王。その後、ジョン二世というのが出ないことでも、人気のなさが分かる。――しかし何といっても逆トップは、シェークスピアの芝居で《極悪人》として描かれたリチャード三世だな」

「芝居のおかげで、べったり貼られちゃったわけね、マイナスイメージのレッテルが」

「そういうことだ。ところで、――テイさんの書いたこの本の主人公は、負傷して入院中の、ロンドン警視庁警部。――人の顔を見れば、本能的に犯罪者かどうか見分ける力があると自負している。ところが、一枚の肖像画を見て驚く。それが――」

「リチャード三世ね」

「ああ。どう見ても、悪相ではない。おかしい。入院中だから、暇はたっぷりある。そこで、様々な資料を取り寄せ、彼が本当にひどい奴だったのか探って行くんだ」

といって、父は古めかしい一冊を取り出した。『時の娘』。ハヤカワ・ポケット・ミステリ・ブック。表紙には、ロンドン塔らしい絵が描かれている。

冒頭のページを見せる。副題として、《――真理は時の娘――》と書かれている。隠されていた真実も、時の波に洗われた末には姿を見せるということか。

父は続ける。

「――この本が『ニューヨーク・タイムズ』の書評で絶賛された。《全探偵小説史のベストの一つ》とまでいわれた。日本では、江戸川乱歩《えどがわらんぽ》が感銘を受けた。自分で作った謎を自分で解くんなら、解けて当たり前。こちらは、現実の謎に挑んでいる。思索探偵もの傑作として、すぐに翻訳させ、乱歩自身が解説を書いた」

父は、コーヒーを啜《すす》り、

「さて、そこでだ。この殴打事件。秋声と鏡花――《悪人》はどっちだと思う？」

5

美希は、いきなり意見を求められた陪審員のように、どぎまぎしつつ、

「うーん……。そりゃあ、殴った鏡花さんもまずいけど、率直な感情でいうと……秋声さんの方が、いけないいんじゃないかなあ」

「どうして」

「亡くなった紅葉さんについて、その人を尊敬している鏡花さんの前で……いっていいことと悪いことはあるよね」

「ふむ」

「紅葉さんは、胃を悪くしたんでしょ」

「そうだ」

「甘いものをあんなに食べたから早死にした……だなんて、遺族が聞いたってたまらないよね。思いやりのかけらもない」

父は、頷きながら、

「まあ、そう思うのが普通だろうな」

美希は目をぱちぱちさせ、

「それじゃあ、秋声さんは、……リチャード三世？」

父は、『時の娘』流に、常識を引っ繰り返そうというのか。

「まあ、その前に、紅葉の甘いもの好きに関する資料を提出しておこう。あちらにもある、こちらにもあるという文章では面白くない。なかなか、お目にかかれないものだ」

父は、これまた古めかしい、小さな本を取り出す。『茶の間』。

「毎日新聞のエッセー欄に寄せられた文章をまとめた一冊。昭和二十九年、毎日新聞社から出た。この中に、中国文学者、柴田天馬《しばたてんま》の『きんとん』という一編がある。——柴田天馬は『聊斎志異《りようさいしい》』の名訳者として知られる」

「はあ」

「南條竹則《なんじようたけのり》さんは、中学時代、柴田本の『聊斎志異』を買い、《それから数日間、全く飲み食いも忘れて、憑かれたように分厚い四冊の文庫本を読み通した》という。それぐらいのことをさせる訳文だ。この角川文庫版は、お父さんも愛読した。井上洋介の絵が懐かしい。——さて、はるか明治の昔、柴田さんは友達から、学友を紹介された。《それは二子《ふたこ》のあわせを、すそ短《みじか》に一着し、まっかな毛糸のくつ下をはいた、色の浅黒い、胃のわるそうな青年なのだ。今ごろそんな姿をしていれば、物笑いの種であるが、男も女も、毛糸の肩掛け、毛糸の帽子、毛糸のくつ下と、毛糸ばやりのそのころでは、イヤ、そのころでも、まっかなくつ下はいささかおかしかった。後年彼が、五分もスキのない江戸前の姿で、あしだを洗わぬ女は口中が臭かろうと警句を吐いたのを聞いて、赤いくつ下を連想したものである》」

「それが誰とは、書かないわけね」

「ああ。そのうち友達が洋行することになり、送別の宴が開かれた。例の青年も来ていた。その日は洋服だったのに剣舞をやり、一本の手ぬぐいを使って、見事な振りを見せた。《彼は掛値のない才人だと自分は思った》」

「ちょっとしたところにも、才気は出るからねえ」

「で、結びがこうなる」


舞い終ると、彼は左に杯、右にはしを持って、みんなに献酬して回るのである。失敬だが、さかなはこれを、とかなんとかいって、相手の膳の上のきんとんを、疾風枯葉を巻く勢いで、平らげてしまうのだ。

こうして才人の一と回りとともに、一同の膳の上のきんとんは忽然として影を消した。二十人足らずだから、一杯ずつの酒はたいしたこともないが、きんとんは相当の分量だから、自分はひそかに、才人の胃を心配したのであるが、後年果して胃ガンとなり、その傑作「金色夜叉」を完結せず、三十七才にして世を去った。前兆すでにきんとんに現われていたのである。

「尾崎紅葉という名を出さず、最後に代表作から、それと知らせるところが心憎い。——明治文壇の大立者の若き日の、きらきらした姿が、鮮やかに切り取られている」

6

「さて、そこで、お前の出した疑問。この《有名》な《事件》を伝えた人物は誰か——だが」

「うん」

「里見弴《さとみとん》だ」

秋声や鏡花より後の世代の作家である。戦前から戦後まで、長期間にわたって活躍した。

「彼が目撃者？——それを見ていたの？」

「いや、伝聞として書いている。『二人の作家』という作品だ。文学全集の里見の巻には、よく採られていた。中央公論社、講談社、それから集英社の全集にも入っていたな。だから、このエピソードが《有名》になったんだ。——最初、『文芸』に発表した時は、秋声を甲、鏡花を乙と書いていた。文藝春秋新社から昭和三十年に出した短編集『恋ごころ』に収めた時、実名に直されている。その中で、鏡花が師紅葉を神のように敬っている様子が書かれ、こう続く」

これに反して、秋声は、「紅葉さん」と呼び、少しの悪意も感じられはしないが、人間同士、飽まで対等の口調で、——どうも、ひどい食ひしんぼでね、好きな菓子なんかが出ると、一遍に五つも六つも平げちまふんだもの、あれぢやア、君、胃癌で死んでも仕様がないさ、などと、憐むとも、嘲るともつかない、渋いやうな笑ひ顔をする。こゝにも、併し、決して反感の抱けない、飄々たる和かさはあつた。どちらのレンズを通しても、私のあたまにある尾崎紅葉といふ人物の映像に、二重にかさなるずれなどを生じさせないことだけでも気持がよかつた。

（中略）

たぶんその後のことだつたらう、某綜合雑誌社の社長から、こんな話を聞いたこともあつた。何か新たな出版計画だつたかに事寄せて、秋声と二人で鏡花を訪ね、たいそう睦じく懐旧談など弾んでゐるうち、事たまく紅葉に及ぶと、いきなり鏡花が、間《なか》に挟んでゐた径一尺あまりの桐の胴丸《どうまる》火鉢を跳び越し、秋声を押し倒して、所嫌《ところきら》はずぶん撲《なぐ》つたのが、飛鳥の如き早業で、——泉さんつて人は、文章ばかりかと思つたら、実に喧嘩も名人ですなア、と、声はたてず、唇辺《くちもと》だけを笑つた恰好にするいつもの癖を出して、——いやア、驚きましたよ。やつと引き分け、自動車に押し込んで、その頃秋声の行きつけの「水際の家」といふのへつれて行つたが、その道中も、先方へ着いてからも、見栄も外聞もなく泣かれるので、ほとくもてあました、といふ話だつた。


「なるほど……」

「どうだ?」

「どうだっていわれても。ああ、これが話を広めた元なのか、と素直に納得したわよ」

「そう簡単に頷かれちゃあ困る」

「へ?」

「よく読め。秋声は、鏡花に向かって《先生は甘いものが好きだったから――》なんて、いってないだろう」

美希は、あわてて見返し、遅ればせながら驚きの声をあげた。

「……あっ!」

7

「秋声はかつて、里見との会話の中でそういうことを口にしたことがある――というだけだ。この文章を読む限り、どんな言葉が鏡花を激高させ、殴打を呼んだのかは、分からない」

先入観にまかせて、読み飛ばしてしまった。

「本当だ……」

「《紅葉は食いしん坊だから》発言も、後輩の里見相手だからこそ気楽に口から出た、本音じゃないかな。——そして、この言葉の色合いも、普通の人が普通にいったのとは違うんだ」

「どういうこと？」

「つまり、秋声が健康だったら、そんなことはいわなかったろう——ということさ」

「え？」

「秋声自身が胃の病で、かなり苦しんでいたんだ」

父は、『徳田秋聲全集』第二十二巻を持ち出し、中の「紅葉先生と私」を示す。

私がその夏甚《ひど》いアトニイにかゝつて、段梯子を上るのさへ辛いくらゐに衰弱してゐたので、何処かに身世《しんせい》の寂しさが心にしみて、事によると死ぬかも知れないやうな気がしたので、折角志しながら一つも書かないのは詰らないと思つたからである。そこで世話してゐた甥も、ちやうど脚気《かつけ》が出てゐたので、田舎へ送りかへして、胃洗滌と電気療治の旁々《かたがた》筆を執つたものである。

私は胃の療治の最中に、或るとき先生を訪ねたが、先生は来客を避けるためか、同じ地内の別の家の部屋を借りて、そこに居た。そして私がもつて行つたシユクリームを見ると、あゝこれかと言つて、むしやく食べた。その頃シユクリームはワフルよりか少し新しかつたのである。私の胃に悩んでゐる様子を見て、食べものは歯で嚙んで食ふやうぢや旨くないと言つたものである。勿論先生は大の健啖《けんたん》家で、また食ひしん坊なのであつた。お茶もよくがぶく引切りなし遣るのである。胃が大分癒つてから、私はその後電気器械を一つ買つて使用することにしてゐたが、其から二年もしてから、其が先生に役立たうとは、先生自身も私も想像だもしなかつたところである。


「実は秋声も、かなりの甘いもの好きだったんだ。しかし、《死ぬかも》と思う胃病になり、好物も食べられぬようになり、治療に専念していた。紅葉先生は、そんな秋声の目の前で暴飲暴食を繰り返した」

「ああ……」

「どうだ、こういう前提があったとしたら、秋声が、《先生もあれを控えていれば、助かったんじゃないか》と思ったり、いったりするのは、ごく自然じゃないか」

「確かに……」

「《憐むとも、嘲るともつかない、渋いやうな笑ひ顔》と、里見は書いている。こんなことを知って読むと、先に死ぬかも知れなかった自分が生きていて、あんなに健啖だった先生の方が逝ってしまったことへの——人の命の不思議さへの思いがあったんじゃないかな」

「そうだね……。言葉の色合いが、全然、違って見える」

「少し、《悪い人》じゃなく思えて来たろう？」

「うん」

と、頷いた美希だが、その胸に当然の疑問が湧いて来る。

「……だけど、どうして秋声さんは《食いしん坊》発言をして殴られたことになったのかな。誰か、その『二人の作家』を読みちがえた《あわてん坊》がいたのかな」

父は、にやりと笑い、

「いたんだな、これが」

「分かるの、犯人が？」

「ああ」

「誰？」

父は、ミステリの最後の章の名探偵のように胸を張り、

「――里見弴」

8

「えっ、え？」

「本人なんだよ。どうだ、――意外な犯人だろう」

「そりゃあ意外だけど、どういうこと？　わけが分からない」

「里見が『二人の作家』を『文芸』に発表したのが、一九五〇年。それから二十七年経った一九七七年、『海』に『泉鏡花』が載った。これが中央公論社から出た『私の一日』という本に収められている」

そう言って、父はまた別の本を開いた。


改造の社長の山本実彦《やまもとさねひこ》が、円本のうちに紅葉編も出したいんだが、お宅には未亡人やお子さんばかりで、細《こまか》い相談にのつてもらひたいといふので、徳田秋声の所に出かけて行つたんだとさ。そしたら秋声が、「おれもなんか口をきくけれど、それは泉に話さなくちやだめだ」といふので、二人で泉家に乗りつけたわけだ。

（中略）

机の左側に手あぶりの火鉢がある。木の根つ株を掘りぬいた「胴丸」つてやつで、寸法はほぼ机と同じくらゐ。赤や緑の漆で描いてある葉が、やつぱり紅葉、つまり楓の葉なんだ。

（中略）

さて、円本に紅葉を入れる相談を三人でしてゐるうちに……ここから先は、山本実彦の直話《じきわ》で、詳しく聞いたんだから、ほぼ間違ひはあるまいと信じてゐるんだが、その後いくたりかの人にも話してるかどうか……。紅葉が三十六歳の若死だつたといふ話の間に、秋声が「だけどほんといふと、あんなに早く死ななくてもすむのに、あの年で胃ガンなんぞになるなんてのも、甘いものを食ひすぎたせゐだよ。あの人ときたら、甘いものには目がなくて、餅菓子がそこに出れば、片つ端から食つちやつたからな」とかなんとか言つたらしいんだな。それはうそぢやなくて本当の話なんだらうけど、とにかく泉鏡花にとつて氏は「神様」だ、朝晩拝んでるその方の写真の前で、そんなすつぱぬきみたいな口をきいたんだから、これはカーッとくるに違ひない。聞くが早いか、いまいつた胴丸火鉢をひとつ飛びに、ドスンと秋声の膝の上にのつかつてパッパパッパッと殴つたんだとさ。その素早いことと言つたら……。

「泉さんつていふ人は手が早いですなあ」つて、山本がほとほと感心してゐたがね。どうにも収拾がつかないところを、まあまあと山本が割つてはひつて引きずるやうにして二階から徳田をつれおろして、外に待たせてあつた車に乗つけたんだけど、秋声は、ただもうワンワン声をあげて泣くばかり……。その時分、「水際の家」つていふのがよく秋声の作品に出てゐた、その浜町《はまちょう》だか中洲だつたかの待合に連れて行つたんださうだ。下六番町から水際の家までいくら自動車だつて二十分か三十分はかかるよ。その間ずつと泣き続けてゐたさうだ。よほどくやしかつたんだらうし、びつくりもしたんだらう、可笑しいけど、……子供時分からのほんとの友達つて、こんなもんぢやないだらうかね。

「どうだ」

「恐い……」

「何が」

「これだけ読んだら、これが本当だと思っちゃうじゃない。秋声は、《食いしん坊》の話をしたから殴られたことになってる。……二十七年前に書いた文章の中身が、記憶の中でごっちゃになったのね」

「年月が経ったおかげで、《某綜合雑誌社の社長》が《改造の社長の山本実彦》だとか、《新たな出版計画》が《円本のうちに紅葉》の巻を出すについての相談だったことなどが明らかになっている。だが、里見はその場にいたわけじゃない。秋声の、鏡花を怒らせた言葉も聞いちゃあいないんだ。――ところで、円本というのは分かるな？」

「うん」

　昭和初期に、一冊一円の廉価版全集が次々と企画され大当たり、ブームとなった。

「円本の口火を切ったのが、改造社の『現代日本文学全集』だ。大正十五年、つまり昭和元年に内容見本が出来、第一回配本が『尾崎紅葉集』。全集というのは、一番売れると思うものを最初に持って来る。紅葉が、営業的にいかに期待されていたか分かる」

「紅葉の《全集を編もうという席》ではなかったわけね」

「そういうことだ。ここから、事件が起きたのは大正十五年だと分かる」

「里見は、その時のことを、山本から聞いていた。それを元に、四半世紀経ってから

『二人の作家』を、さらに二十七年経って『泉鏡花』を発表した」

「そういう順序になる。編集者や校正者が、二つを見比べたら矛盾が分かったろう。しかし、そこまで期待するのは酷というものだ」

「こんなものが後追いで書かれたから、秋声は《食いしん坊》の件で殴られた――という伝説が一人歩きしたのね」

「迷惑な話だよな。先にその伝説を聞いた人には固定観念が出来る。そうなると後から『二人の作家』を読んでも、《秋声が食いしん坊発言で殴られた》なんて書いてないことに、気づかなかったりする」

「……あたしだ」

9

「でも、『泉鏡花』の、鏡花の火鉢の描写なんか、見て来たように生き生きとしてるね」

「火鉢は見てるからな。里見は、泉鏡花信奉者で、家にも行ってる。大好きな作家の住まいについてだから、それこそ舌なめずりするように書いたろうな」

「事件が、里見の頭の中のフィルムで、よりクリアになってるわけね」

「より面白く――といってもいい。最初は《胴丸火鉢を跳び越し、秋声を押し倒して、所嫌はずぶん撲つた》だったのが、《胴丸火鉢をひとつ飛びに、ドスンと秋声の膝の上にのつかつてパッパッパッと敺つた》なんてところはどうだ」

「……面白過ぎる」

「里見自身、見てもいない半世紀前の情景が、どんどん鮮明になっている。――《膝の上にのつかつてパッパッパッ》は凄い」

「話って、繰り返してるうち、どんどん面白くなるからね」

いわゆる、《盛《も》る》というやつだ。それは美希にも覚えがある。

「そうだろうな。まして、小説が巧いので知られた里見弴。事が、どんどん小説的になるわけだ。――ま、もっとも、最初から事実と違っているところはあるけれどね」

「何それ？」

「里見は、『泉鏡花』で、事件について述べた後、《可笑しいけど、……子供時分からのほんとの友達つて、こんなもんぢやないだらうかね》といってるだろう」

「うん」

「実は『二人の作家』でも、《いゝ年齢《とし》をして、そんな馬鹿げたまねが出来るといふのは、何がどうあらうとも、幼馴染なればこそだし、同時にまた芸術家同士であればこそだ、心の奥底なる愛情は、まだ決して冷めきつてはゐない》と書き添えている」

「いいじゃない」

「しかしね、秋声と鏡花は同じ金沢出身でこそあれ、《幼馴染》なんかじゃないんだ」

「あ……」

「秋声が東京に出て来て、紅葉宅を訪ねた時、玄関番をしていたのが鏡花。にこにこしながら《先生は今ちょっとお出かけですが……》といったのが出会いだ」

「はあ」

「後から思えば、金沢のどこかで見たような――といったことはあるが、決して《子供時分からの友達》じゃない」

「里見弴の名調子、おそるべし……ね」

「お父さんは、こういうところに小説家の力が表れると思う。一概に、悪いとは思わない。――しかし、それをそっくり信じられても困る。事件があったのが大正十五年、つまり一九二六年。最初の『二人の作家』が『文芸』に書かれた時点で、もう二十四年経っている。『海』に『泉鏡花』を書いた時には、もう五十年以上前のことになっている。巌谷大四《いわやだいし》が、昭和五十四年に『人間　泉鏡花』を書いた。これには《秋声をなぐる》という節があって、すぐ前に発表された里見の『泉鏡花』によっている」

「つまり、秋声は《食いしん坊発言》をして殴られているわけね」

「そうだ。リチャード三世のやったことが、シェークスピアの名場面として、皆の頭に刷り込まれるように、こうして《事実》が広まって行く。『人間　泉鏡花』は文庫にもなり、解説に、村松定孝《むらまつさだたか》が《紅葉の悪口を言ったのに憤慨して鏡花が秋声をなぐりつけた光景が描写され》と書いた。実際には《紅葉の悪口を言った》のかどうか分からないのにね」

美希は、冷めてしまったコーヒーの残りを啜り、

「……それじゃあ、秋声が口にした《殴られるようなこと》って何だったんだろう」

「そりゃあ、永遠の謎だ。しかし、一番深刻な答えとしては、こんなところがあげられる」

父はまた『秋聲全集』の二十二巻を開く。「尾崎紅葉を語る（紅葉先生と僕）」に、こうあった。


泉も実際は紅葉さんを馬鹿にして居た所もあつたんですが、一寸《ちよつと》も態度に出さなかつた、実に悧巧《りこう》な男だつたのであります。「婦系図《おんなけいず》」と云ふ小説を読んで見ますと泉が紅葉さんを馬鹿にして居つたことが分る。先生が死んでから書いたのでありますが、泉は私達が紅葉さんを批評すると非常に怒つたもので、絶交したこともありました。泉は紅葉さんを神様のやうにして置かないと気が済まなかつたが、紅葉さんに正面からぶつかつて行《ゆ》くことは出来なかつた、非常に気が弱かつたのであります。だから紅葉さんの気に入つて居たのであります。


「これは、文章じゃなくて、東京帝大の基督教青年会館というところでやった講演の記録だ。しゃべったことだけに、より本音が出ているともいえる」

「こんなこといわれたら、そりゃあ、怒るわね」

「こういう凄いのもある。『泉鏡花といふ男』の一節だ」

紅葉先生が遂に逝去した時、今まで先生の死について一言も触れなかつた鏡花君が「不思議だね、反つてからりとした気持だね」といふ意味のことを私に言つたことから考へてみても、それは単純にさうとばかりは言へないかも知れないし、先生の苦しみが去つたといふ意味にも取れないことはないが、もつと心理的な機微に触れたものと見てもいゝやうである。


「うわあ」

「いかにも小説家らしい分析だが、もし、これを、鏡花に向かっていったら――」

「殴りかかって来てもおかしくない」

「うん。――しかし、こんなことは当人にはいわないだろう。実際には『文学全集』についての打ち合わせだったんだから、《何を入れるか》から、作品の話になった――と考えるのが自然だ。秋声は、紅葉の長編を評価していない。『金色夜叉』も読んでしまうと何も残らない、いいのは『三人妻』などの幾つかの短編だけ――といっている」

「そういう話になるのは、いかにも、ありそうね」


推論としては、その辺が答えになるだろう。この事件についての探索は、これで終わり――かと思った。

「なるほど、『時の娘』みたいね」

「ベッドの上でじゃないが、病み上がりで、あれこれ調べたからな。しかし、まだ先がある」

「ほ？」

10

「完璧を期して、金沢の『徳田秋聲記念館』に問い合わせてみた」

「そんなことまでしたの」

「そうしたら、熱心な学芸員さんがいて、興味を持って、調べてくれた。すると、餅は餅屋、こちらがとても気のつかないような資料を見つけてくれた」

「何？」

「『木佐木《きさき》日記』だ。中央公論社や改造社にいた編集者、木佐木勝《きさきまさる》が残した。中央公論新社から、その初めの方が、上下二冊本で復刊されてもいる。横山尊《よこやまたかし》氏の解題によると、実はこれ、日記というより後からの記載や編集が多く、むしろ回想録だと分かって来た。それでも文学史の背景の出来事を生き生きと伝える資料であることに変わりはない。その大正十五年秋のところに、この事件が出て来たんだ」

「それは驚きね」

「十月二十七日。残念ながら、今度の復刊には入っていないところだ。現代史出版会から出た版に載っている」

（中略）

十一時ごろ正宗白鳥《まさむねはくちょう》氏来社。

『改造』の十一月号の編集後記を見ると、山本実彦が書いたらしい文学全集の予告があったが、自分もそれを読んで山本社長の必死の意気込みと悲壮感が現れているのを感じたものだ。白鳥氏も山本実彦からいろいろ話を聞いているらしく、文学全集の最初の刊行は「尾崎紅葉集」で、紅葉の弟子だった泉鏡花や徳田秋声も山本から相談を受けたという話だった。それについて、これも山本から聞いた話らしく、二人が改造社の山本の部屋で、紅葉の作品のことで山本を交じえて話し合っているうちに、秋声の言ったことが鏡花を怒らせ、鏡花がいきなり秋声の頬に平手打ちをくわせたので、山本が止めに入って大騒ぎをしたということだった。秋声はむかしから師の紅葉に対しては批判的だったので、紅葉を神のように思っている鏡花が、かねがね秋声をこころよく思わず、二人は不仲だったので、たまたま秋声の言ったことが、鏡花の日ごろの不満を爆発させたのだろうと白鳥氏は言っていた。

「……びっくり」

「だろう？」

「火鉢はどこに行ったの」

「半世紀前のことだから、どちらが事実かは分かりようがない。しかし、秋声は『交遊の広狭』という文章の中で《文壇では何といっても、正宗白鳥氏と私交上で尤も接触が多かつた》といっている。逆にいえば、白鳥の方から見ても、秋声は非常に近い人物ということになる」

「うん」

「そういう人物についての、大正十五年というリアルタイムでの情報となれば、ある程度、真実味はあると思う。何よりも、第一回配本を『尾崎紅葉集』にしようと決めて、秋声にしか相談しないというのは変だ。これは最初から、鏡花と二人に相談した——という方が無理がない。場所も、改造社というのは、ごく自然だ」

「でも、それだと……絵としてつまらないわね」

「そうだよな。ここはどうしても、鏡花の家まで行ってもらいたい。そして鏡花に、紅葉を描いた胴丸火鉢を躍り越えて、飛びかかってもらいたいところだ」

「だよねえ」

「情報源は、どちらも山本実彦だが、白鳥が伝えた——ということと、里見が書いてることとは違う。確かなのは、秋声のいった何事かに鏡花が激高し、殴ったということだけだな」

「そうねえ」

「こういう二人だが、ついには和解した。『二人の作家』の結びには、昭和十四年九月、鏡花臨終の様子が書かれている。里見は、枕元に置く短刀を取りに行こうと、外に出た。照りつける午後の往来を、秋声がやって来た」

「どう？」

「たつた今……」

キリ〳〵と相好が変つて、

「駄目ぢやアないか、そんな時分に知らせてくれたつて！」

鞭《むち》つ如き烈しさだつた。

11

人と人との出会い、結び付きの不思議さ、ありがたさを思わせる探索だった。

お話かわって、《村山富美男先生古希記念野球大会》のリベンジ戦。所も同じ青山の球場で、七月の炎天のもと、行われた。

応援に来た他社の新人さんが怒られていた。折角、差し入れを持って来たのに、

「コーラなんか、誰が飲むんだよっ」

こういう時には、スポーツドリンクかお茶と決まっている。経験がないと分からない。

——可哀想だなあ。

と思う。

これも、太陽のせいだ。

先発は、勿論、村山先生。のらりくらりと投げている。

今回は、洋々社《ようようしゃ》の安西《あんざい》が来ている。大学野球部でキャッチャーをやっていたという、ここに来るのは勿体ないような選手だ。そこで春秋《しゅんじゅう》書店の剛腕投手、手塚《てづか》に本来の投球をしてもらえる。この前は、彼の球をきちんと受けられるキャッチャーがいなかったのだ。

後顧の憂いはない。そのせいかどうかは分からないが、村山先生の肩はすこぶる快調だ。

「いいね、いいね。今日は、この十年で最高の調子だ」

などといっている。

二番手ピッチャーに予定していた三塁手が、途中で突き指してしまった。どうしようかと思ったら、

「俺、まだ行けるよ」

と、投げてしまう。

手塚はショートを守り、再三のファインプレーでそれを助けた。六回になったところ

で、手塚がいった。

「ここまで来たら、やってもらいましょうか」

村山先生の続投である。

打線の方は、三番手塚、四番安西が抜群の破壊力を見せてホームランを連発、五番の筏丈一郎《いかだじょういちろう》も長打を放った。嘘のように点が入る。村山先生がかなり打たれても、大丈夫な状況になっていた。

敵チームも、こんな筈ではと追いすがったが、烈日に焼かれ心身共にまいっていた。

一方、こちらは、同じ光を浴びながら意気盛んだ。

最終的には、十七対十四。あろうことか、七十歳の村山先生が七回を完投してしまった。先生は、顔に汗をしたたらせながら、

「リベンジし過ぎちゃったかな」

と、ご機嫌である。

美希は、打ち上げの居酒屋までの道を、手塚と並んで歩いた。

「せっかく来ていただいたのに、投げてもらえなくて、すみません」

手塚は、びっくり箱を開けた子供のような顔をした。

「全然です、全然です。とても、楽しかった。――野球っていいなあ、と思いました。僕も七十になった時、村山先生のように投げたい」

その声を聞き、美希はふと、普段ならいわないようなことを口にしていた。

「あの……、味方の選手が凡ミスした時、嫌な顔したり、チッといったりする人が、まれにいます。真剣にやるのと、そういうのとは違うような気がするんです」

「そうですね。――右手が失敗したって、左手が怒るのは変ですよね。当たり前だけど、誰だって、皆なに助けられて、やってるんですから」

美希は仕事で、プロ野球の大投手の話を聞いたことがある。リリーフが打たれ勝ち星が消えても、全く気にしないといっていた。自然な、腹からの言葉に聞こえた。これだから一流なのだと思えた。

夏の日はなかなか落ちず、夕方なのに、まだまだ明るい。

手塚なら、この男なら、コーラを持って来た新人に、ひどい叱り方などしないだろう。どんなに太陽が照りつけていても。

――いいやつ。

と、美希は思った。


245ページの講演記録の一節は、『ミステリーズ！81』(東京創元社)所収の、米澤穂信氏の講演会レポートによりました。

また、秋声と鏡花の《事件》が『木佐木日記』にも書かれていることは、徳田秋聲記念館学芸員藪田由梨さんにご教示いただきました。

記して御礼申し上げます。

菊池寛はアメリカなのか

1

田川美希《たがわみき》は会社を遠く離れ、四国高松の居酒屋で、酒盗《しゆとう》のクリームチーズあえを口に運んでいた。

編集者の仕事の場は、日本各地に及ぶ。いや、海外に行くことも珍しくない。こうしているのも、私的な旅行ではない。そういうわけで、向かいあい、

「うーん。飲めといわんばかりのものが続くな」

と目を細めているのも、残念ながら愛を囁《ささや》く相手ではなかった。父親より年上の作家さん。原島博《はらしまひろし》先生だ。

「居酒屋ですからね」

饅頭《まんじゆう》や安倍川餅が出るわけはない。益子《ましこ》焼《やき》風のひなびた皿に、スライスしたキュウリの緑を彩りとし、中央に小さなさいころを撒《ま》いたようなクリームチーズ、そこに酒盗がとろりと乗っている。

酒を盗む——と名は体を表しているのだから、勝てるわけがない。

夏の終わりの、夕方から夜に移ろうかという頃だった。外はまだまだ暑い。まず頼んだビールのコップを、先生はぐっと空にして、「この辺で、日本酒にするしかないなあ」と、品書きを見、「おや、讃岐《さぬき》なのに土佐の酒があるぞ」。

指の先を見ると《文佳人《ぶんかじん》》と書かれている。

「えーと、《土佐藩執政、野中兼山《のなかけんざん》の娘、婉《えん》にちなんだ酒》ですって」

「何、――婉？」

「はい」

「四国に来て、そういう酒に巡り合うのも嬉しい」

「そうですか」

何のことやら分からない。

「大原富枝《おおはらとみえ》の『婉という女』。読んでないかね」

「はあ……」

「主人公は、野中婉。権勢を振るった父親が失脚し、没した。新主流派は、その血筋の残ることを、日を厭《いと》う蝙蝠《こうもり》のように恐れた。そこで一族は、人里離れたところに幽閉される。――かくして婉は、幼い頃から四十年間、家を出ることもなく、他人と会うこともなく暮らした」

「野中さん、リタイアした後、うどんでも打って悠々自適とはいかないんですね」

「昔の権力争いは、洋の東西を問わず残酷なものだからなあ。――いずれにしても、作家と素材は、運命的に出会うものだ。大原富枝は、主人公に自己を投影させて書き、『婉という女』を息詰まる傑作にした」

はるばるやって来て、お気に入りの作品ゆかりの酒に出会う。いい気分になっている。駄洒落《だじゃれ》好きの先生ではあるが、婉さんのことだから、

――これも縁ですね。

などといったら、怒られそうだ。

「じゃあ、それにしますか」

「うん」

酒のリストを見ても、たちまち本の話になる。これで分かる通り、原島先生の趣味は、古書店巡りだ。半世紀以上、本の棚を見続けているのだから、色々な作家に出会っている。

実は今回、美希の雑誌『小説文宝《ぶんぽう》』で『菊池寛《きくちかん》を語る』という対談が企画された。《語る》となれば《語れる》人が必要だ。というわけで、しばらく前、松本清張《まつもとせいちょう》対談の回でもお世話になった先生に再登場していただこう、と編集長の丸山《まるやま》がいう。

美希が電話して、

「余人をもって代え難《がた》い、と、丸山も申しておりますので。――えへへ」

「代え難い――はいいけど、えへへ、というのは何だね」

「よろしくお願いしたい、という意味の、日本風表現です」

美希の父親の趣味も古書店巡りだ。長い年月の間には、神保町《じんぼうちょう》辺りですれ違っているのではないか。

原島先生と父親。どちらにも、本好き人間の雰囲気が漂っている。お腹回りが立派なところも似ている。ただ髪の毛の方は、美希の父の方がまだふさふさしている。

2

対談の件は、すんなり受けていただけた。

――菊池寛。

芥川龍之介《あくたがわりゅうのすけ》らと共に同人誌『新思潮』を、作家生活の出発点にした。後に新聞小説『真珠夫人』で絶大な人気を得、大ベストセラー作家となった。書き手としての華々しい活動に加え、ジャーナリスト、出版社社長として、世に残した影響は計り知れない。

出身地の高松に、菊池寛記念館がある。今回の企画は、そこの展示を、対談するお二人に見ていただき、話に入る――という運びである。

原島先生は、

――飛行機は、あまり好きではない。

という。

行きだけ新幹線にしてもらい、岡山駅で待ち合わせた。美希は、前日から関西で、別の作家さんのトークショーのお世話をしていたのだ。

原島先生の座席は分かっているから、ホームの停車位置で待つ。降りて来た先生は、

「えーと、高松に行くんだよね」

と、はなはだ頼りない。放っておくと、岡山駅で改札を出てしまいそうなので、

「先生、こっちです」

と、四国へ向かう快速マリンライナーに誘導する。

「高松なら岡山にもある。豊臣秀吉の水攻めで有名なのが備中《びっちゅう》高松城。ついこの間、NHKでやった時は、切腹する城主を、確か——田崎潤《たざきじゅん》が演《や》ってたな」

「秀吉は誰です」

「新人だ。——緒《お》形拳《がたけん》」

「はるか昔ですよ。——戦国時代ほどじゃないけど」

「いや、それがね、時代というのは、かなり入れ子になってしまうものなんだ。NHKじゃ昔、ラジオで架空実況放送というのをやっていた」

「へえー」

「関が原や壇ノ浦の合戦を、臨場感たっぷりに流すんだ。聴いた人から、絶賛のハガキが届いた」

「引き込まれる出来だったんですねえ」

「うん。さすがはNHK、こんなテープを、よく取って置いた——といわれた」

時空がねじれている。

そんなねじれにも巻き込まれず、二人を乗せた列車は、瀬戸内海を越え、無事、高松に着いた。駅前のホテルにチェックイン。明日の昼は、名物讃岐うどんを食べることにして、まずは居酒屋に繰り出した――と、こういうわけだ。

対談に備えての資料など、美希が用意する必要はない。何しろ、万巻《ばんかん》の書を持つ原島先生だ。大船に乗ったつもりでいる。この船、壇ノ浦に沈むことはないだろう。

ただ、全くの手ぶらというのも愛想なしだから、社の資料室に行って、菊池の写真を集めコピーして来た。

前の皿が片付いたところで、ファイルに挟んだそれを差し出した。

「ほう……」

と、先生は一枚一枚目を通して行く。

菊池寛――丸眼鏡に、不精髭《ぶしようひげ》を無造作にもう少し伸ばしてみた、といった感じの口ひげ。飾り気のない、率直な感じの大御所の姿が、次々に現れる。

「いかがです」

「うん。あちらこちらで、見かけた写真が多いな」

大きな椅子に腰を下ろし、右手の指に煙草をはさみ、何かいいかけているような菊池寛。その一枚で、先生の手が止まった。しばらく、じっと見ていたが、

「そうか、菊池寛はアメリカか……」

3

——何だろう？

先生はさらに意外な言葉を続けた。

「……マッケンロー」

きょとんとしてしまう。そこに次の皿が来た。緑と白と茶色の三種が混ぜ合わされている。

「ねばりますね」

「ねばるものは体にいいそうだ」

緑はオクラである。

「これは新しい野菜でしょうね」

「万葉集の頃から、食べてた人がいる」

「本当ですか？」

「山の上の方で食べてた」

そこまでいわれると、さすがに分かる。美希は、じっと睨《にら》み、

「山上憶良《やまのうえのおくら》ですね」

面倒な先生だ。

「すまん。許してくれ」

白いのは長芋だ。茶色は、もろみのようだ。

「三種あってねばる。昔、《ネバー・ネバー・ネバー・サレンダー》ということをいった」

「は？」

「決して、決して、決して、屈するな――ということだ」

「ははあ、ねばるんですね」

そこで、

「マッケンローを知ってるだろう」

先程の名前に戻った。テニスの名選手だ。

「名前だけは」

「そうかい？」

と、先生は意外そうな顔をする。

「マッケンローがどうかしたんですか」

「武蔵と小次郎、武田信玄と上杉謙信のように、宿命のライバル――というのがある」

「はい」

「テニスでいうと、ビヨン・ボルグとジョン・マッケンローが有名だ。ウィンブルドンで名勝負を繰り広げた。特に有名なのが、二人が初めて決勝戦で相対した時の、白熱の試合ぶり。ボルグが何度も何度も、後一歩のところまで迫った。その都度《つど》マッケンローが押し返した。最後は何とかボルグが取ったがね」

「《ネバー・ネバー・ネバー・サレンダー》ですね。いつのことです？」

「ついこの間だ」

後で調べたら、一九八〇年のことだった。

「あまりに劇的なので、映画にもなったらしい」

「名勝負物語ですね」

「人々の記憶に残ったのは、勝負が凄かったから——だけじゃあない。二人が対照的な人間だったんだ。ボルグは冷静沈着」

「クールビューティ」

「これに対しマッケンローは、悪童と呼ばれた。審判の判定に不満があると、大声で騒ぎ立てた。要するに、暴れん坊だな」

「なるほど、それぞれにファンができそうですね」

先生は、そこでちょっと首をかしげ、

「田川さんは、運動をやっていたんだろう」

「バスケットボールを」

「だったら、テニスのことも分かるだろう」

「先生、そりゃあ偏見というものです」

「そうかい」

「スポーツを、何から何まで十把《じっぱ》一《ひと》からげにするのは間違いです。わたしは野球ぐらいは観ます。だけど、テニスには関心がありません」

「……そうなのか」

「本が好きでも、どんな本でも読むわけではないでしょう。人それぞれに好みがあります」

「うーむ」

「逆に、わたしは不思議ですよ」

「何が」

「先生はどう見ても書斎派のようです。マッケンローのことを、どうしてそんなに、熱心に語るんですか」

「そりゃあ、文宝出版のせいだ」

4

意外な答えだ。

海の幸が次々に運ばれて来る。お酒もつまみによく合う。

「君の会社じゃ、スポーツ誌をやってるだろう」

「はい」

「その編集長をしていた松井優介《まついゆうすけ》さん」

「大先輩です」

名編集者の一人だ。世代が違うので、親しく話していただいたことはない。今は、悠々自適の筈《はず》だ。

「マッケンローの全盛時代に、たまたまパーティで松井さんの話を聞いた。実に面白かった」

秋刀魚《さんま》に徳島のすだちが付いて来た。舌の上に秋到来。四国に来た幸せを感じつつ、先生の話を聞く。

「――日本で、テニスの世界四強戦というのが行われた。ボルグ以下、当時の人気者が顔を揃えた。豪華絢爛《けんらん》のオールスター」

「バブルですねえ」

「スポーツ誌としては、当然、見逃せない。密着取材した。――目立ったのは、何といってもマッケンロー。練習中でも、調子が悪いとラケットは放り出す、大声で怒鳴る。手が付けられない。――評判通りの、悪がきぶりだった」

困ったちゃんの姿が、目に見えるようだ。

「――見ていて、正直、辟易《へきえき》したそうだ。王者の品格が全くない。世界のトップを争うからには、それなりの人間であってほしい。そう嘆いた」

横綱が負けて叫んだり、地団駄を踏んだりするところは見たくない。

「――試合の前夜。出場選手を囲んでのパーティが開かれた」

「前夜祭ですね」

「そういうことだ。松井さんは思った。――マッケンローの奴、あんな調子なら、すっぽかすんじゃないか。――来てもジーンズにTシャツあたりで歩き回り、我がまま放題に振る舞うんじゃないか」

「嫌な予感はするでしょうね」

「ところが、だ。当日になって驚いた。ボルグ達、ほかの三人がラフな格好だったのに、マッケンローは――ネクタイを締めて来た」

「ほう」

先生は宙に目をやり、その場にいたかのように、映像を思い浮かべる。

「……濃い紺とグレーが斜めに走った、実に趣味のいいネクタイだったそうだ」

右手を上げ、斜めに動かす。

「よく覚えてますね」

「松井さんも、よっぽど忘れ難かったんだろう。目に見えるように語ってくれた。茶色の背広に茶色の靴。ネクタイがそれという、まことにシックな組み合わせだった」

先生は、お酒を口に運びつつ、

「――松井さんはそこで、思った。マッケンローというのは、実は繊細極まる男なんじゃないか。だからこそ、その本質を鎧《よろ》うため、ああいう突拍子もない行動をするんじゃないか」

「……なるほど」

「そう思って、翌日の試合を見ると、彼の心の動きが、手に取るように分かったそうだ」

5

翌日のお昼前、先生のご希望で高松の古書店を何軒か回った。

日差しがきつい。先生は、日陰を求める犬のようにふらふらと歩いた。倒れられても困る。

「先生。水分補給です」

選手の体調管理は、コーチの役目だ。道端の自販機で、果汁入り紅茶などのペットボトルを買う。

「あ、ありがたい……」

「もうやめますか」

「い、いや。予定だと、もう一軒、回る筈だろう」

「そうですけど――」

先生は、口を湿しつつ、

「行かないわけにはいかない」

「大丈夫ですか」

「あっと驚く掘り出し物もないだろう。しかし、ないのを確認しないと気が残る」

――うちのお父さんも、あちらこちらで、こんなことやってるんだろうな。

と思う美希だった。

何とか予定をこなし、讃岐うどんで昼食をすませ、菊池寛記念館に向かった。ビルの三階になる。

対談のお相手は、こちらも本マニアの作家さんだ。入口の、菊池の大きな写真の前で並んで撮影となる。オッケーが出た後も、原島先生は立ち止まり、何度かその菊池の姿を見返していた。

――あ。これは……。

昨日、先生が、資料写真の束をめくった時、手を止めて見入った一枚だ。それが引き伸ばされ、記念館の入口で待っていた。

――これが菊池の、代表的な肖像写真なのかな。

美希がそう思った時、お二人は先に進み出していた。

原稿やゲラの並んだところで、先生はぐっと展示ケースに目を近づけた。

「どうかしましたか」

「これはいい。推敲《すいこう》の跡がよく分かる」

「そうなんですか」

「ものは『三浦右衛門の最後』。いかにも菊池らしい作品だ。一読、忘れ難い。右衛門は、戦国の世、今川家の小姓だった美少年。いよいよ殺されるとなった時、《命は惜しうムる《ござ》》と繰り返す。ならば左手を切り落とすがいいか、といわれ頷《うなず》く。取り囲むのは、勇ましく死ぬことばかり考え、曲乗りの飛行家のように、日々、人のあっと驚く《曲死《きょくじに》》の方法ばかり考えていたような連中だ。右衛門の未練さを、どっと笑う。もとより、助けるつもりはない。生きていたいと繰り返す彼の体を、次々に切って行く。最後に、えいと首をはねる。ほら、こう書いてある。――《首は砂の上を二、三尺ころ〳〵と転げて、止まつた所で口をモグ〳〵させた。肺臓と離れて居なかつたらキット『命が惜しうムる』と云つたに違ひない》」

「うむむ……」

「今なら驚かない。大正時代に、これを書いたのだから凄い。菊池はこの、当時とすれば卑怯の権化《ごんげ》のような右衛門を、声高らかに《There is also a man》と評した。ここにも人がいる、人間がいる――というわけだ。軍人が読んだら、さぞかし激高したことだろう。――さて、そこでだ。このゲラを見ると、テーマとなるべき英語の部分に誤植がある。そこの欄外に《Voilà un homme!》と記し傍線で消し、《英語ハ下ノ如し》として正しい綴りを示している。――《ヴォワラ》と始めるフランス語も、一瞬、考えたんだろうな。《これでこそ人間！》と」

「なるほど」

「危険なメッセージだ。英語でも生過《なま》ぎると思ったのかも知れない。しかし、この短編の他のところでも英語を使っている。フランス語にすると、分かる者には、より強調の効果があるかも知れない。しかし、やり過ぎかも知れない。迷った末に結局、──最初の形に戻したんだろうな。そういう、たゆたいがうかがえる」

「活字になったら、分からないところですねえ」

「これだけでも来た甲斐があるよ」

先生は、「屋上の狂人」の舞台面の模型のところでも感激していた。

「明かりが入るところがいいなあ。この西の空の光。狂った兄は、屋根の上から夕日の向こうに金色の御殿を見るわけだ。純粋なる者だけの見られる世界。小説は文字から味わうべきだ。しかし、戯曲となれば話が違う。舞台面を、こうして見せてもらえるのはありがたい」

記念館の中には、雑司《ぞうし》が谷《や》の家にあった、菊池の書斎も再現されていた。普通は外から見るだけだ。中には入れない。しかし、今回は特別──ということで、絨毯《じゅうたん》の敷かれた部屋に上げてもらうことが出来た。先生は、菊池が執筆した机を、そっと撫《な》でたりして、ご機嫌だった。

「よかった、よかった。満足だ」

「帰っちゃ駄目ですよ。これから、お仕事です」

別室で対談が始まった。

6

マニアのお二人だから、菊池に関する珍しい本を、これでもかと取り出して盛り上がる。丁々発止のやり取りが続いた。

美希は懸命にメモを取る。勿論、録音しているが、後で原稿にするのに、流れが頭に入っていないといけない。

菊池の『真珠夫人』について、先生は、海外で流行した大衆小説にあたり、読者に喜ばれるのはどういうところか研究した上で書かれたものだ——といい、

「わたしはね、はるか前のことですが、ベストセラー作家のジェフリー・アーチャー、彼の書いた『ケインとアベル』を読んだ時、思いましたよ。これは『真珠夫人』だな——と。だって、『ベン・ハー』から『ロミオとジュリエット』、それに『お稲荷さん』。そういう、古来の人気作の、受け要素を集め、並べた本だと思った。勿論、書き手がいいから、次から次へとページをめくらせる。それにしても、かなり頭脳的に作られてる……と、そう思えて仕方なかった。——アーチャー自身は、無論、そんなことといわないけどね」

面白かった。しかし、『お稲荷さん』がよく分からない。話が進んでいるから、途中で聞くことも出来ない。

疑問がよみがえったのは、対談原稿をまとめている時だった。『ベン・ハー』は大作映画にもなったベストセラー、『ロミオとジュリエット』については、いうまでもない。しかし、

――『お稲荷さん』？

どう考えても、日本の作品だろう。だが、ジェフリー・アーチャーが日本物を読んでいるとは思えない。気になる。先生にメールしてみた。

お話に出て来た『お稲荷さん』というのは、誰の作品でしょう。

先生からは、すぐに、

『お稲荷さん』？

と、狐につままれたような返事があった。前後関係を説明すると、すぐに疑問は氷解した。

『大いなる遺産』ですよ。ディケンズの。謎の援助者というパターンです。

イギリスの大作家の、代表作のひとつだった。

――謎の援助者……。『あしながおじさん』や……確か『ガラスの仮面』にも、そんなの出て来たな……。

真似ということではない。人の作る物語には、確かに、読み手を引き付けるいくつもの型がある。

それにしても『お稲荷さん』が、『大いなる遺産』だったとは！

分かってみれば何でもないことでも、迷っているうちは摩訶不思議なものである。

7

仕事が一段落した日曜日の夕方、中野の実家に顔を出してみた。

母がいう。

「枝豆、見てやってよ。お前が来たから、取り入れだって」

ご近所のお宅で、古くなったウッドデッキを壊した。木がすっかり傷《いた》んでしまったのだ。下の地面が出て来たから、その機会に畑にした。趣味の園芸をやろうというのだ。

そこのご主人が、父と一緒にウォーキングをする仲だった。

　話を聞き、影響を受けた父が、裏庭の――まあ庭というのもおこがましい、わずか一畳ほどのところで、小さな畑を作ろうとした。広いのは無理でも、猫の額なら、自分でもにゃんとかなる、と思ったようだ。

　始めたのが七月。美希が、

「大丈夫？」

　と、聞いたら、

「土作りから、するんだ。こんな広さでも、鍬《くわ》なんかふるったら腰にこたえる」

「でしょう？」

「ところが、尻馬に乗ってやるありがたさだ。道具を貸してもらえる」

　小さな耕運機で、ガガガガガと掘り返したらしい。ちっぽけな地面のために、わざわざ機械など買えない。同好の先輩が、それを貸してくれた上、使い方から何から指導してくれる。

「酸性土なのか、アルカリ性なのかも調べる」

「ペーハーね。リトマス試験紙。酸性なら赤、アルカリ性なら青になる」

「アジサイは酸性土で青くなり、アルカリ土で赤くなったりもする」

「アマノジャクね」

「アジサイが？」

「さあ」

「とにかくそのペーハーに応じて、どんな肥料を入れるかも教えてもらった」

「うーん。尻馬に乗るというより、――コバンザメ状態ね」

「人聞きの悪いことをいうな。あちらだって、教えるのを喜んでいるんだぞ」

それはそうだ。特に男というのは、教えたり力を貸したりすることに、情熱を燃やす生き物のようだ。

「――道具だって、レーキは自前のを買ったぞ」

「何だっけ、レーキって？」

「うーん。いうなれば西洋熊手」

よく分からない。

家とヒバの垣根の間だが、横手から日が差す。今年の夏は、特別に暑かったから、土をつかんで倒れられたら――と気になった。

「日中はやらないさ。働くのは、朝方か、土日の夕方だよ」

ようやく、こぢんまりとした畑――のようなものが出来た。父はそこに、枝豆を蒔《ま》いた。

「どういうわけで？」

「いや。何年か前、職場の旅行で山形に行ったんだ。そこの居酒屋でつまんだ枝豆が、あっと声をあげるほどうまかった。どういう種類なんです――と思わず聞いたら、豆はそこらにあるものだ、ただ、採れたてだから――というんだな。裏の畑で作ってる。お湯を沸かしてから採るぐらいじゃないといけない――そうだ」

「夢よ、もう一度？」

「そうだ。この世にはかなわぬことが沢山《たくさん》ある。命ある証《あか》しとして、あの時の枝豆の味を取り返したい」

おおげさだ。

芽が出た時にメールが来た。可愛い、可愛いと目を細めているようだ。

《土寄せ補強をしたよ》という便りもあり、やがて《花が咲き始めた！》そして《実がつき始めた》という画像が送られて来た。

枯れたり、台風で倒れたりする株もあり、小さな裏庭にも、それなりのドラマがあったようだ。時折、帰った時、眺めると、緑が育ち、葉を揺らしている。

そして九月の今日の夕方、

「いよいよ収穫だぞ」

美希もサンダルを履いて裏庭に出、作業を手伝った。素人のやったことだ。残念ながら、どの株にも秋の実りが一杯――とはならない。採れたのは三十莢《さや》程度。小さなざるに収まった。

母が台所で、お湯を沸かして待っていた。

8

「うわっ。……甘いね」

育ったままという、豆の自然な甘みがある。父は嬉しそうに、

「そうだろう、そうだろう」

母と三人で、夕食前の試食会になった。美希が、父のコップに缶ビールを半分だけ注ぎ、

「久しぶりなんでしょ？」

尿酸値の関係がどうとかで、お医者に止められている。春に倒れているのだから気になる。

「この間、行ったら、飲んでませんか——と聞かれた。はい——といったら」

「どうだったの？」

「え？　本当に飲んでないんですか？　——と、驚いていた」

「うーん」

信頼されていないのか、それほど重症ではないのか。後の方だと思いたい。父は、お許しください、お代官様——といった顔をして、

「このビールは形だけ、アルコールも糖質もプリン体もゼロのやつだ。枝豆が採れたん

だ。せめて、これぐらいないとな」

「でもさ、このチーズとかは、どうなの」

「まあ、そこはそれ……」

畳座の掘り炬燵《ごたつ》の席だ。勿論、炬燵布団など、はずしてある。足の裏で、簀《す》の子《こ》板を踏む感触が気持ちいい。

季節の歯車も動き、網戸にしておけば、クーラーのいらない夕方だった。美希は、

「噛みごたえがある。堅すぎず、柔らか過ぎず。歯が喜んでるよ。——居酒屋でさ、茹《ゆ》でられてぐにゃっとするようなの食べたことがある。あれは元気じゃなかったんだなあ。豆が、疲れ切ってたんだって、よく分かる」

父が、目を細め、

「そういってもらえると嬉しい」

夏の労苦が報われたのだ。

美希は普通のビールを、遠慮なく口に運ぶ。母も枝豆の味見をしつつ、少しだけ飲んだ。そして、

「後は、相手をしてやって」

と、立つ。

「えっ。それじゃあ、申し訳ない」

夕食の支度を、手伝わなくてはいけない。

「いいんだよ。いかにも飲みたそうな顔してる。枝豆と一緒に、——何かおつまみになる話をしてやって。それを楽しみにしてるんだから」

長年、連れ添っているだけに、父のことはよく分かっている。

美希は、高松の、おいしい居酒屋さんの話をしてやった。自然と原島先生のことになり、マッケンローのことになる。

ネクタイの一件だ。

「そりゃあ、いい話だ」

「お父さんは、マッケンロー、知ってるの？」

「ボルグとの、宿命の対決か？——北《きた》の湖《うみ》と貴ノ花の優勝決定戦……なんてのは、東京を歩いてる時、街のテレビで見たな。千秋楽だったから、日曜日。休みだった」

昔の貴ノ花だろう。せめて、貴乃花と曙——ぐらいでないと、あまりに遠い。雲をつかむようだ。

父は、首を振り、

「——あれみたいに、ボルグと四《よ》つに組んでるとこは見てないぞ」

「四つには組まないと思うけどね」

テニスである。

「しかし、さすがに世間が騒いでたのは知ってる。マッケンローは有名だった。行儀が悪くてけしからん——という人が、確かにいたな」

父の話を聞くうちに、

——そういえば、何か気になることがあった。

と思った。

「ううん……」

「どうした」

「……アメリカ」

「そうだ。確か、——マッケンローはアメリカ人だ。そんな感じだ」

「違うよ、——菊池寛」

「菊池寛は日本人だぞ」

「分かってるよ。——あたしが、資料の写真を取り出したんだ」

「居酒屋で？」

「うん。その束をぱらぱら見てた原島先生が、いったんだ。《菊池寛はアメリカか……》って」

「そりゃ、妙だな」

『お稲荷さん』のように、聞き違いの可能性もある。だが、確かにそういったと思う。

「何のことか聞こうと思ったら、おつまみの皿が来ちゃったんだよ」

色気より食い気——ではないが、探求心の矛先を折られたのだ。

編集者はいつも、大きなバッグに資料を入れて持ち歩いている。紙というのは重いものだ。肩と腕が鍛えられる。書店員も図書館員も編集者も、重労働なのだ。

菊池関係のまとめをしているところだから、幸い、その写真ファイルも持って来ていた。父の前に出す。

「ちょっと待ってくれ」

父は、洗面所に行って枝豆をつまんだ指を洗い、戻って来た。

原島先生がしたように、コピーの束をめくって行く。そして――、

「これか？」

美希は、大きく目を見開いた。

黙って座れば、ピタリと当たる。原島先生が、謎のつぶやきをもらしたのは、まさにその写真だった。コピーは十枚ほどある。根拠がなければ、当てられるわけがない。

「どうして？　どうして、分かったの？」

思わず、小さく叫んでしまった。父は、枝豆の取り入れの上に、会心の出来事が重なったとばかり、

――満足、満足。

9

の表情を見せ、

「それじゃあ、こちらから聞くが、原島先生は、なぜそこで――マッケンローを持ち出したと思う？」

竹刀《しない》を構えていたら、いきなり斜め上の空から打ち込まれたようだ。

「え？　……えっ？」

「菊池寛とマッケンローじゃ、普通は繋がらないだろう」

「それは……そうだけど」

美希は、記憶をぐるぐると巻き戻す。居酒屋の皿が、頭に浮かんだ。

「――ねばねばよっ」

「うん？」

説明抜きでは、意味不明だ。

「料理にね、オクラとか長芋とかが出たの。そこで先生が《ネバー・ネバー・ネバー・サレンダー》といい出した」

「何だ、そりゃ」

「屈服しない、あきらめないってことらしい。ウィンブルドンかどっかで、マッケンローのやった試合がそれだったたって」

父は、残り少ない枝豆を楽しみつつ、

「そうかなあ？」

心外だ。

「そうかなあって、そうなのよ。聞いた当人がいってるんだから、これほど確かなことはない」

「そういうのが、結構、当てにならないんだよ」

「失礼ね」

「その、ねばねばが出て来る前から、マッケンローの名前は出てなかったか？」

「……う」

はっきりしない。

「お父さんは、その菊池アメリカ説が出たところで、原島先生の頭に——マッケンローが浮かんだんだと思うな」

「……菊池も、いろんなものに屈しなかったってこと？　……でも、それが何で、アメリカなのよ」

父は、そこで待ち構えていたように、書庫へと立つ。

10

二冊の本を持って来た。一冊は古めかしい、小さなものだ。父はまず、それを前に置いた。

――『茶の間』。

鏡花と火鉢の件の時にも見せられた本だ。

「発行は昭和二十九年。毎日新聞夕刊一面にあったコラムを、まとめたものだ。当時の、錚々《そうそう》たる面々が名を連ねている。百人一首ならぬ、各界の九十人一話だ」

「うん」

「面白いエピソードが並んでいる。真田幸村が大坂の陣で、クラゲの粉末を兵器として撒いた――とかな」

「本当？」

「そりゃあ、お父さんには分からない。しかし、国立科学博物館の館長さんが、そう書いてる。――さてと、そんな中に」

と父は、残っていたビールを口に運び、

「――名探偵の話がある。詩人の春山行夫《はるやまゆきお》さんのエッセーだ。ネクタイについて語る座談会に出た。すると、銀座のサエグサという店の主人がいった。《あなたのネクタイはたいへん珍しい。だいたいネクタイの斜めの模様（線）は向かって右上から左下ということにきまっているので、お客さんの中にはそういうことをやかましくいう人がありますが、あなたのしておられますのは、それが反対になっています》」

父は、そこで読むのを一旦《いったん》、止め、美希を見る。

「――どうだ？」

「え？」

「ミコはさっき、マッケンローが《斜め》の線の、趣味のいいネクタイをしていた――といったろう。どういう線を考えていた？」

「そりゃあ……」

と、宙に手を動かし、カタカナの《ノ》の字を書く。

「こうでしょう？　人が斜めに線を引くといったら」

「ふむ。――原島先生は、どっち向きの線だといったのか？」

「そこまで、いわないわよ」

細か過ぎる。いう方がおかしい。

父は、《だろうな》と頷き、

「さて、春山さんの話は続く。名探偵登場だ。工業試験所でネクタイ業者の指導をしているという人が、鮮やかに、逆向きネクタイの謎を解いた」

「へええ」

「その人は、こういった。斜めの線を出すためには、生地を斜めに裁断して行くことになる。すると《どうしても切れ端にハンパが出る。だからおしまいのほうで逆のとり方をすれば、そのハンパの出なくなるわけで、あなたの買われたのは、たくさんのネクタイの中で、ごく数の少ない裁ち方をしたものです》」

「凄ーい。――鮮やか！」

「素直に感心するんだな。春山さんも、さすが、餅は餅屋――と、膝を打ち、うちに帰って奥さんに話した。《まあ、そうなんですか！》と感心されたか。いや、奥さんは――笑い出した」

「は？」

「あの模様が逆向きなのは、《少しよごれてきたので、ほどいて裏返しにぬったためです》」

「うわあ。……見事なうっちゃりね」

父はちらりと台所を見て、

「どんな名探偵も、奥さんにはかなわないもんだ」

11

「それにしても、今だったら起こらない《事件》ね。そんなことする奥さんなんて、もういないでしょ」

「さあ、どうだろう。――とにかく昔は、料理裁縫は女のたしなみだった。子供のズボンの膝が擦《す》り切れると、母親がつぎを当てて縫う。それが当たり前だった」

「明治は遠くなりにけり」

「明治じゃないぞ」

原島先生のように、《ついこの間》と、いい出しそうだ。

「とにかく、ネクタイの逆模様は、奥さんの裁縫の結果だったわけね」

「そうだ。そこで、この菊池の写真を見てみろ」

話が元に返った。椅子に腰掛け、煙草をくゆらす文壇の大御所。

「あっ……」

気にも止めていなかったが、改めて胸元を見るとネクタイの縞《しま》模様が逆ノの字になっている。

「どうだ」

以前、父に、グラビアに載せる写真を見せたことがある。その時のことを思い出した。

「裏焼き……？」

父は、にんまりとし、

「なるほど。――そうかどうかは、ボタンで分かる。しかしまあ、こっちを見た方が面白い」

父が書庫から持って来たもう一冊は、文学全集だった。文藝春秋から出ていた『現代日本文学館』。その第十九巻『菊池寛　山本有三』。

「――こういう本には、最初に著者の写真が載っているものだ。見てごらん」

何をいっているのかと、本を箱から出し、開いてみて驚いた。着せ替え人形のように、和服になった菊池が、右手の人差し指と中指で煙草をはさんで、こちらを見ている。

《昭和10年（47歳）ころ　東京雑司ケ谷の自宅にて》と書いてある。

「これ、その頃、写真を撮らせる時の、菊池お気に入りのポーズだったの？」

「そうだろうな。日本間で和服、洋間で背広。その違いはあるが、同じポーズだ。ボタンを調べるまでもない。どちらも、裏焼きじゃない」

――そうだ。菊池寛記念館の入口に飾られていたのも、問題の写真だった。裏焼きの筈がない。

「……となると、どういうこと？」

「菊池の場合、奥さんが裏返して縫ったんじゃないだろうな。まあ、その可能性も絶対にないとはいえないが――結局のところ、ネクタイのストライプには、ノの字向きも、逆ノの字もあるんだよ」

「ええーっ。わけが分からない」

「さあ、そこで、こっちだ」

父は、畳座の脇の本の山の中から、また一冊の本を取り出した。

「東京書籍から出ている『目でみる』というシリーズだ。なかなか面白いぞ。ことわざやら何やら、言葉の現物を、一目瞭然、写真で見せてくれる。――これは、その一冊、『くらべる世界』だ」

――おかべたかし・文　山出《やまで》高士《たかし》・写真である。

「雪だるまにしても、日本のものは雪玉二つで作る。しかし、アニメなどを見てもあちらのものはだんご3兄弟のように、玉を重ねる」

「所変われば——ね」

「そうだ。で、ネクタイのところを見ると、こうなっている」

見開きの右ページに向かって左上がりのストライプ、これに《アメリカのネクタイ》。左ページに逆向きのストライプ、こちらが《イギリスのネクタイ》となっている。説明に、こう書かれていた。


アメリカでは向きを逆にしたものが販売され人気となった。以降、右上がりがイギリス式で、左上がりがアメリカ式と呼ばれている。


「原島先生は、このことを知っていた。だから菊池の写真を見た時、戦前にしては異例の逆ノの字を見て、思わず口から《アメリカか》という言葉が出たんだろう。——そう考えれば縞のネクタイの連想で、マッケンローに繋がるのも納得出来る。そうだろう？」

脳内の動きを読み切ったのか。確かに、筋は通っている。

「それじゃあ、この菊池が締めてるのは——アメリカのネクタイ？」

「どうだろうな。第一、昭和十年という大昔からイギリス式、アメリカ式なんてことがいわれてたかどうかも疑問だ。お父さんが、この本を」と『茶の間』を取り上げ、「読んだのは随分前だけど、気になったからその頃、映画を観る時、ネクタイを目で追ってた。フランス映画で、登場人物がノの字のネクタイを締めてたが、ネクタイ掛けには逆ノの字が掛かっていた。ヨーロッパだって、逆はあるんだ」

「ああ……」

「好み次第だ。厳密に、こうなっていたらアメリカ——と極《き》め付けられない。語源説だって、いろいろな考え方が出て来る。このストライプ問題に、他の説を出す人だっているだろう。ただ、今は一般に、こちらは英国式、こちらは米国式といわれる——そういうことだな」

美希は、遠い日のパーティを思い、

「ジョン・マッケンローがしてたネクタイの縞は、どっち向きだったんだろう？」

「それは……謎だな。マッケンローがアメリカ人だからといって、逆ノの字とは限らない。目撃者のその……松井さんだって、そこまで細かい証言は出来ないだろう。取材チームが追いかけていても、パーティの写真まで残ってはいないんだろうなあ……」

父は、時の彼方を見る目をしつつ、枝豆に指を伸ばしかけ、

「ミコ、食べるかい」

最後のひとつだった。

12

気になったので、忙しい合間を縫って映画『ボルグ／マッケンロー　氷の男と炎の男』にも行ってみたが、アメリカの悪童のネクタイ姿は見られなかった。

しかし、ネクタイから思いがけない推理が生まれることはある。

文学賞のパーティに行って来た百合原《ゆりはら》ゆかりが、翌日、招き猫のような手つきで美希を呼んだ。

「珍談珍談」

「何ですか」

「昨日のパーティであった某社の某氏」

「それじゃあ、分かりませんよ」

「なかなか、いい男。――切れ者といった感じ」

「それでも分かりませんよ」

ゆかりは、かまわず、

「その男がね、ドットのネクタイしてたの」

「はあ」

珍しくはない。

「それがね、点だと思って近づいたら、見知った何かに見える。――ん？　となる」

目を細める。

「探求心ですか」

「探求心好奇心なき編集者は職場を去れ」

「はいはい。で、何だったんです」

「これがね、ひとつひとつが、小さな《ドラえもんの顔》なの」

これは意外だ。

「へええ。ジャイアンのもあるんですかね」

「落ち着いてる場合じゃないでしょ」

ゆかりは人差し指を立てて、迫って来る。

「どうしてです？」

「ネクタイだよ。――女に貰《もら》ったんじゃないかな」

「かも知れませんね」

「その男さ、くれた女が来るかも知れない場に締めて来たんじゃない？」

「ほ？　……あ……」

いわんとすることが読めた。

「八島《やしま》さん？」

八島和歌子《わかこ》のドラえもんマニアぶりは、年季が入っている。出会いの場の少ない編集者だ。同業他社の男性と結ばれる例も、少なくはない。何より、ゆかりがそうなのだ。ひょっとしたら――という憶測の域を出ない。だが、ゆかりは嬉しそうだ。足取り軽やかに、ぴょんぴょんと去って行く。ほかでも話すのだろう。

――秋は実りの季節か。

その数日後のパーティには、美希が出掛けた。すると、見覚えのある顔が近づいて来る。美希よりも、背が高い。

春秋《しゅんじゅう》書店の手塚《てづか》だ。児童書の部署にいるから、今まで、こういう場で顔を合わせることがなかった。

作家・編集者のチームで野球をやった時、経験者の彼に助っ人として来てもらった。剛腕投手だった。それでいて、俺が俺が――というところのない、気のいい男だった。

手塚は美希を見、迷子がお姉さんを見つけたような顔をした。

軽く手をあげ、

「その節はどうも。いやあ、こういうパーティ、初めてなんで――そうだ。まずご挨拶」

名刺を出した。

「うちは、秋にも小さい異動があるんです。産休の方なんかがいらしたんで、わたし今度、文芸に移ることになりました。お仲間ということで……」

「――そうなんですか」

美希の顔に、ぽっと明かりが灯る。

――だったら野球だけの助っ人といわず、ソフトボールにも呼び出せる。こいつ、心置きなく使えるぞ！

人目がなければガッツポーズするところだ。美希はそちらの幹事役。選手集めに苦労している。

まだこういう場に慣れない手塚は、知らぬが仏。美希の好意溢れる表情が、よほど心強かったのだろう。

「……田川さん」

マザー・テレサに会えたような、感激の笑みを返してよこした。

文中に明記しなかった参考文献
『随筆集　ネクタイ』（菱屋株式会社）中の「マッケンローのネクタイ」松尾秀助

解説

藪田由梨

秋聲の宣伝になれば……とほんのり欲を出してしまったがためにとんでもないことになってしまった――と、いま己のあまりに場違いなことにキーボードを打つ指が震えている。火鉢どころでない、何か巨大なものを分不相応に飛び越えてしまった気がする。

本書に収録された「火鉢は飛び越えられたのか」の末尾に書き添えてくださったとおり、石川県金沢市にある徳田秋聲記念館の一職員として物語にかかわらせていただいた。本来ならばそのクレジットさえ遠慮すべきであった、だってその程度の働きしかしていないのに、と今更ひどく恐縮する一方、前作『中野のお父さん』の文庫解説に佐藤夕子氏も書かれるように〈わざわざ〉、〈というだけの相手に〉かけるその一手間をまるで惜しまれないところに作者のお人柄、またそこから生み出される作品の呼吸が表れているようにも思う。これまで北村薫氏ならびにその作品に触れられた方々はみな少なからず思うところではなかろうか。

冒頭の「縦か横か」がまさにそれで、ここに登場する「被害者」と「犯人」——解説から読まれる方も多いと聞くのでネタバレは避けるが——ふたりの関係性ならではの絶妙の呼吸のうちにこの謎は創造された。出来事としては車の当て逃げ、ただそれだけのことで、たとえば現場がたまたま立ち寄ったコンビニの駐車場で、当事者がまったく初対面のふたりであったならばここに引かれる《話》にならない（その代わりに別の挿話が生まれる可能性はある）。ボタンの掛け違いとまで行かずとも、たとえば気遣いであったり甘えであったり思い込みであったり遅れて湧き上がる怒りであったり——人と人同士の感情・思考が交錯するところに時として謎は生まれ、なお行き届いたことに彼らの後日談を想像する楽しみまでもが作中に織り込まれている。

話が前後するが、第五話の「キュウリは冷静だったのか」もそのバリエーションと言えるだろう。誰しもに共通する謎でなく、このふたりの間にしか生まれ得ない謎。それを傍から汲み取る《お父さん》はさすがと言うほかないが、〝《ガーリック》！〟の一言だけで通じ合える関係性が物語の胆《きも》なのだ。

再び「縦か横か」から、そもそもこの縦横問題を引き出してきた『怪盗ルパン』シリーズの存在もまた個人的に心ときめくものであった。恥ずかしながら翻訳者・南洋一郎氏の名を知らず、この人は実在だろうか、そしてこれというのは子どもの頃に夢中になって読んでいたあれだろうかと、物語を中途に堪らずインターネットで検索すると、まさにそれ、ズラズラと表示された表紙のあまりの懐かしさに心臓がどくんと跳ねた。おかげさまで《川本先生》とは違った意味で、《あの南洋一郎だったのか！》と叫ぶこととなった。と、こうした体験も北村作品のもたらす大きな喜びのひとつである。主人公の編集者・田川美希とその父《中野のお父さん》の二世代によって繙《ひもと》かれる「本」の数々は、多かれ少なかれ読者の中の記憶を刺激し、何かしらとリンクする。軽く時代を超え、ここに共有された実在の作家・作品にまつわる思い出によって、読者は一瞬にして美希たちと同じ物語の登場人物となれるのだからこれほど贅沢なことはない。

そういう意味では、名作絵本『100万回生きたねこ』は、何百何千万という読者を両腕に抱え、一挙に物語に引きずり込むことのできる最強の書と言っていい（第六話「『100万回生きたねこ』は絶望の書か」）。安易な感想だが、《感動》か《絶望》か、あのとき自分はどう感じたろうと、本書を知る誰もがきっと一斉に振り返ったに違いない。三十年前……と思い出そうとしながら、あるいは今だったらとよぎりもし、幼少期に読んだ本をたとえば十七歳、二十一歳、五十歳、七十歳の自分が読んでみたらどう思うだろうと想像してみる。《本は一冊でも、読みは読んだ人の数だけある。それが本の値打ちだ。》と作中に記されるように、本は一冊でも、たとえ読む人が同じ一人でも、読みはそれを読む状況の数だけある、と言い換えることが許される気にもなるのである。

第二話の「水源地はどこか」では、松本清張の盗用疑惑をめぐってポカンとあいた空白にひとつひとつぴったりとくるピースを嵌め込むように、隠れた水源地が辿られてゆくさまが実にスリリングで痛快だ。別シリーズの既刊『六の宮の姫君』（一九九二）で追跡された芥川龍之介と正宗白鳥の応酬における謎のブランクのことを思い出す。それらブランクを埋めんがためマイクロフィルムを虱潰しに眺め回す美希の眼精疲労も我がことのように感じられるし、しかし毎度そううまくシュートは決まらず、十二月掲載？　いや一月掲載か？　という見通しの立たない果てしない作業にも心当たりがあり過ぎる。そうした体験のある人にとっては、この《怪人》も《巨人》もただただ尊く、得がたい神様に見えるに違いない。

余談であるが、先日、中上健次の『紀州　木の国・根の国物語』（朝日新聞社、一九七八）を読んでいて、こんな一節にぶつかった。〈眼を閉じたくない。いや、私の眼こそ、紫の光を放て。〉——紫の光？　なんだろう、と思いながらページをめくれば次章は〈神の眼の紫の光よ／確かそう歌ったのは、ランボーだったと思う。〉と書き出されており、太宰治の《ガスコン兵》気分で読んでいた私はアラッと肩透かしを食ってしまった（第三話「ガスコン兵はどこから来たか」）。もちろんそれが紫の光の正体そのものでないにせよ、そうかランボーの引用か、となればあとは容易に検索できる。一方で、この中上の紀行文はもともと「朝日ジャーナル」誌に連載されており、当時リアルタイムでこれを読んだフランス詩に疎い人はこの謎を一週間引きずるか、あるいは何とも知れぬまま時おり心の裡《うち》で唱えたりするだろうか、とも考えた。そのとき私が手にしていたのは本書のように連載が一冊にまとまった単行本であり、しかしその媒体に囚われず作品の発表当時を空想してみるこうしたものの見方は、他でもない第二章の豊かな《水源地》よりもたらされたものでもある。それと同時に、私の《ガスコン兵》はフランスから来て帰って行った。

第七話「火鉢は飛び越えられたのか」で検証される鏡花と秋聲の確執それ自体は有名な話であるが、意外にもその経緯をこれほど丁寧に見返したものはこれまでなかったように思う。こうして見ると《甘いもの》《火鉢》《殴打事件》――仮に里見弴が書いていなくとも、つい結びつけたくなるどれも強いキーワードが揃い踏みだ。北村氏は『本と幸せ』（二〇一九）の中で〈謎をかかえているのは、トゲが刺さっているようなものだ〉と書かれているが、秋聲が描くのは人差し指の先に出来たほんの小さなささくれのような世界である。強いものの前では風の前の塵《ちり》に同じく、見過ごされる程度の些細な痛み。秋聲と向き合うにはこうしたものこそ大事にしなければならないのに、正直に言えば本作で指摘されるまで《殴打事件》として語り継がれる物語の孕《はら》むこの小さな違和に気がつかなかった。美希と一緒に《……あっ！》と声をあげてしまった。知らぬうちに強いものに巻かれてしまっていたのである。

また、今回のトリックすなわち記憶の改変あるいは思い込み（弴の場合は演出か？）というものは、研究的には本来憎むべきものなのだけれど、北村氏はしばしばこうした現象を面白がっているようにも見受けられる。AとBを記憶のなかで勝手に結びつけてしまうこと、そんな勘違いを単に恥として隠蔽せず、そこに発見と「謎」という新たな価値を見出す視点に眼から鱗が落ちる思いさえしたものだ。そもそも人間とは矛盾を抱えた生き物であり、記憶力など当人が信じるほど当てにはならず、辻褄の合わないことばかり――むしろ不完全な人間なればこその不可解なその脳の働きに関心を抱き、それを大切に掬いあげるあたたかな手腕に、一緒になってこちらが救われた気持ちになるのである。

ただ救われながら、そして鮮やかな謎解きの過程に興奮しながら、本書を読むことで自分がいかに本を読んでいないか、ということを逆に思い知らされる羽目にもなる。打てば響く《お父さん》から溢れる知識にただ感心してはいられない。響かない自分を、恥ずかしい、と思う。「火鉢」の回が発表された当時もそうした気持ちの延長から、登場する『木佐木日記』のくだりの裏側について「あれは『徳田秋聲全集』にある記述を答えただけで、偉いのはこの本とこの本を作った人たちです」と後日、記念館のブログに綴ったところ、全集の担当編集者から「偉いのは作った僕らでなく、読んで使ってくれる人たちです」とすぐにメールが来た。たしかに作ってくれさえすれば本はいつでもそこにあり、この先、読むも読まぬも活かすも殺すもこちら次第。お手軽なことに、そうだ、これから読めばいい、と身勝手な自己弁護をするその耳に《古書を買うのは、人から人への受け渡しだ》という《原島先生》の言葉が響く（第四話「パスは通ったのか」）。古書、新書、そこに記されたものごとすべてが人から人への受け渡し――《原島先生》の言葉のパスをたしかに受け取った編集者たる美希もまた、そんな思いで本をつくっているのだろうか。

最後に、「菊池寛はアメリカなのか」（第八話）。もっとも謎めき、わくわくさせてくれた題をもつこの最終話へのささやかな返礼として、菊池寛ともゆかりの深い洋装好みの徳田秋聲には、現状アメリカもイギリスも確認されませんでした、という報告を書き添えておく。

（徳田秋聲記念館　学芸員）

初出「オール讀物」

縦か横か　二〇一六年五月号
水源地はどこか　二〇一八年六月号
ガスコン兵はどこから来たか　二〇一六年八月号
パスは通ったのか　二〇一七年一月号
キュウリは冷静だったのか　二〇一八年一月号
『１００万回生きたねこ』は絶望の書か　二〇一七年四月号
火鉢は飛び越えられたのか　二〇一七年五月号
菊池寛はアメリカなのか　二〇一八年十二月号

単行本　二〇一九年三月　文藝春秋刊

文春文庫

中野《なかの》のお父《とう》さんは謎《なぞ》を解《と》くか

定価はカバーに表示してあります

2021年11月10日　第1刷

著　者　北《きた》村《むら》　薫《かおる》

発行者　花田朋子

発行所　株式会社　文藝春秋

東京都千代田区紀尾井町 3-23　〒102-8008
TEL　03・3265・1211㈹
文藝春秋ホームページ　http://www.bunshun.co.jp

落丁、乱丁本は、お手数ですが小社製作部宛お送り下さい。送料小社負担でお取替致します。

印刷製本・凸版印刷

Printed in Japan
ISBN978-4-16-791780-7

（　）内は解説者。品切の節はご容赦下さい。

街の灯
北村　薫
昭和七年、士族出身の上流家庭・花村家にやってきた若い女性運転手〈ベッキーさん〉。令嬢・英子は、武道をたしなみ博識な彼女に魅かれてゆく。そして不思議な事件が……。（貫井徳郎）
き-17-4

玻璃《はり》の天
北村　薫
ステンドグラスの天窓から墜落した思想家の死は、事故か殺人か――表題作「玻璃の天」ほか、ベッキーさんの知られざる過去が明かされる、『街の灯』に続くシリーズ第二弾。（岸本葉子）
き-17-5

鷺《さぎ》と雪《ゆき》
北村　薫
日本にいないはずの婚約者がなぜか写真に映っていた。英子が解き明かしたそのからくりとは――。そして昭和十一年二月、物語は結末を迎える。第百四十一回直木賞受賞作。（佳多山大地）
き-17-7

慶應本科と折口信夫
いとま申して2
北村　薫
昭和四年。慶應予科に通い、さらに本科に進む著者の父は、人生に大きな影響を与える知の巨人――折口信夫と西脇順三郎の謦咳に接し、青春を謳歌する。三部作第二弾。（渡辺　保）
き-17-9

小萩のかんざし
いとま申して3
北村　薫
不景気で就職できず慶應の院に進み鬱々としつつも国文学古典を読破していく著者の父。師・折口信夫と学界の敵味方たち。戦前戦中も好学の熱気に包まれた青春群像を描く。（桂島浩輔）
き-17-12

中野のお父さん
北村　薫
若き体育会系文芸編集者の娘と、定年間近の高校国語教師の父。娘が相談してくる出版界で起きた「日常の謎」を、父は抜群の知的推理で解き明かす！　新名探偵コンビ誕生。（佐藤夕子）
き-17-10

水に眠る
北村　薫
同僚への秘めた思い、途切れた父娘の愛、義兄妹の許されぬ感情……。人の数だけ、愛はある。短編ミステリーの名手が挑む十篇の愛の物語。有栖川有栖ら十一人による豪華解説を収録。
き-17-11

（　）内は解説者。品切の節はご容赦下さい。

加納朋子
少年少女飛行倶楽部
中学一年生の海月が入部した「飛行クラブ」。二年生の変人部長・神《じん》ことカミサマをはじめとするワケあり部員たちは果たして空に舞い上がれるのか？　空とぶ傑作青春小説！　（金原瑞人）
か-33-4

加納朋子
螺旋階段のアリス
憧れの私立探偵に転身を果たしたものの依頼は皆無、事務所で暇をもてあます仁木順平の前に、白い猫を抱いた美少女・安梨沙が迷いこんでくる。心温まる7つの優しい物語。　（藤田香織）
か-33-6

加納朋子
虹の家のアリス
心優しき新米探偵・仁木順平と聡明な美少女・安梨沙。『不思議の国のアリス』を愛する二人が営む小さな事務所に持ちこまれる6つの奇妙な事件。そして安梨沙の決意とは。　（大矢博子）
か-33-7

加納朋子
トオリヌケ キンシ
外に出られないヒキコモリのオレが自由を満喫できるのはただ夢の世界だけ――。不平等で不合理な世界だけど、出口はある。かならず、どこかに。6つの奇跡の物語。　（東　えりか）
か-33-8

川村元気
億男
宝くじが当選し、突如大金を手にした一男だが、三億円と共に親友の九十九が失踪。「お金と幸せの答え」を求めて、一男の旅がはじまる！　本屋大賞ノミネート、映画化作品。　（高橋一生）
か-75-1

川越宗一
天地に燦たり
なぜ人は争い続けるのか――。日本、朝鮮、琉球。東アジア三か国を舞台に、侵略する者、される者それぞれの矜持を見事に描き切った歴史小説。第25回松本清張賞受賞作。　（川田未穂）
か-80-1

北方謙三
杖下《じょうか》に死す
剣豪・光武利之が、私塾を主宰する大塩平八郎の息子、格之助と出会ったとき、物語は動き始める。幕末前夜の商都・大坂を舞台に至高の剣と男の友情を描ききった歴史小説。　（末國善己）
き-7-10

（　）内は解説者。品切の節はご容赦下さい。

木下昌輝
宇喜多の捨て嫁
戦国時代末期の備前国で宇喜多直家は、権謀術策を縦横無尽に駆使し、下克上の名をほしいままに成り上がっていった。腐臭漂う、希に見る傑作ピカレスク歴史小説遂に見参！
き-44-1

樹林　伸
東京ワイン会ピープル
同僚に誘われ初めてワイン会に参加した桜木紫野。そこで織田一志というベンチャーの若手旗手と出会う。ワインと謎多き彼の魅力に惹かれる紫野だったが、織田にある問題がおきて……。
き-47-1

黒川博行
国境（上下）
「疫病神コンビ」こと二宮と桑原は、詐欺師を追って北朝鮮に潜入する。だがそこで待っていたものは……。ふたりは本当の黒幕に辿り着けるのか？　圧倒的スケールの傑作！　（藤原伊織）
く-9-10

熊谷達也
邂逅《かいこう》の森
秋田の貧しい小作農・富治は、先祖代々受け継がれてきたマタギとなり、山と狩猟への魅力にとりつかれていく。直木賞、山本周五郎賞を史上初めてダブル受賞した感動巨篇！　（田辺聖子）
く-29-1

窪　美澄
さよなら、ニルヴァーナ
少年犯罪の加害者、被害者の母、加害者を崇拝する少女、その運命の環の外に立つ女性作家……各々の人生が交錯した時、何を思い、何を見つけたのか。著者渾身の長編小説！　（佐藤　優）
く-39-1

倉知　淳
片桐大三郎とXYZの悲劇
元銀幕の大スター・片桐大三郎の趣味は、犯罪捜査に首を突っ込む事。その卓越した推理力で、付き人の乃枝と共に事件に迫る。絶妙なコンビが活躍するコミカルで抱腹絶倒のミステリー。
く-40-1

小松左京
アメリカの壁
アメリカと外界とが突然、遮断された。いったい何故？　四十年前にトランプ大統領の登場を予言した、と話題沸騰の表題作を含む、SF界の巨匠の面目躍如たる傑作短編集。　（小松実盛）
こ-5-13

（　）内は解説者。品切の節はご容赦下さい。

笹本稜平
還るべき場所
世界2位の高峰K2で恋人を亡くした山岳家は、この山にツアーガイドとして還ってきた。立ちはだかる雪山の脅威と登山家たちのエゴ。故・児玉清絶賛の傑作山岳小説。（宇田川拓也）
さ-41-3

笹本稜平
春を背負って
先端技術者としての仕事に挫折した長嶺亨は、山小屋を営む父の訃報に接し、脱サラをして後を継ぐことを決意する。山を訪れる人々が抱える人生の傷と再生を描く感動の山岳短編小説集。

さ-41-4

笹本稜平
その峰の彼方
厳冬のマッキンリーを単独登攀中に消息を絶った孤高の登山家・津田悟。親友の吉沢ら捜索隊が壮絶な探索行の末に見た奇跡とは？　山岳小説の最高峰がここに！（宇田川拓也）
さ-41-5

笹本稜平
大岩壁
ヒマラヤで〝魔の山〟と畏怖されるナンガ・パルバット。立原は冬季登頂に失敗、友の倉本を失う。5年後、兄の雪辱に燃える倉本の弟と再び世界最大の壁に挑むが……。（市毛良枝）
さ-41-6

坂木　司
ワーキング・ホリデー
突然現れた小学生の息子と夏休みの間、同居することになった元ヤンでホストの大和。宅配便配達員に転身するも、謎とトラブルの連続で!?　ぎこちない父子の交流を爽やかに描く。

さ-49-1

坂木　司
ウィンター・ホリデー
冬休みに再び期間限定の大和と進の親子生活が始まるが、クリスマス、正月、バレンタインとイベント続きのこの季節はトラブルも続出……。大人気「ホリデー」シリーズ第二弾。（吉田伸子）
さ-49-2

坂木　司
ホリデー・イン
おかまのジャスミンが拾った謎の男の正体。完璧すぎるホスト・雪夜がムカつく相手——大和と進親子を取り巻く仕事仲間たちの〝事情〟を紡ぐ、六つのサイドストーリー。（藤田香織）
さ-49-3

（　）内は解説者。品切の節はご容赦下さい。

桜庭一樹
私の男
落魄した貴族のようにどこか優雅な淳悟は、孤児となった花を引き取る。内なる空虚を抱えて、愛に飢えた親子が超えた禁忌を圧倒的な筆力で描く第138回直木賞受賞作。（北上次郎）
さ-50-1

桜庭一樹
荒野《こうや》
恋愛小説家の父と鎌倉で暮らす少女・荒野。父の再婚、同級生からの告白、新たな家族の誕生……。十二〜十六歳、少女の四年間を瑞々しく描いた成長物語が合本で一冊に。（吉田伸子）
さ-50-8

桜庭一樹
ほんとうの花を見せにきた
中国の山奥から来た吸血種族バンブーは人の姿だが歳を取らない。マフィアに襲われた少年を救ったバンブーが掟を破って人間との同居生活を始めるが。郷愁誘う青春小説。（金原瑞人）
さ-50-9

桜庭一樹
傷痕
人気ポップスターの急死で遺された十一歳の愛娘〝傷痕〟。だがその出生は謎で、遺族を巻き込みつつメディアや世間の注目の的に。彼女は父の死をどう乗り越えるのか。（尾崎世界観）
さ-50-10

桜木紫乃
ブルース
貧しさから這い上がり夜の支配者となった男。彼は外道を生きる孤独な男か？　女たちの夢の男か？　謎の男をめぐる八人の女の物語。著者の新境地にして釧路ノワールの傑作。（壇　蜜）
さ-56-3

坂井希久子
17歳のうた
舞妓、アイドル、マイルドヤンキー。地方都市で背伸びしながらも強がって生きる17歳の少女たち。大人でも子どもでもない少女の心情を鮮やかに切り取った5つの物語。（枝　優花）
さ-59-2

篠田節子
冬の光
四国遍路の帰路、冬の海に消えた父。家庭人として企業人として恵まれた人生ではなかったのか……足跡を辿る次女が見た最期の景色と人生の深遠が胸に迫る長編傑作。（八重樫克彦）
し-32-12

（　）内は解説者。品切の節はご容赦下さい。

柴田よしき
風味さんのカメラ日和

地元に戻った風味が通うカメラ教室の講師・知念は天然なイケメン。だが、彼は受講生たちの迷える心を解きほぐしていく。「カメラ撮影用語解説」も収録した書き下ろしカメラ女子小説。

し-34-17

柴田よしき
輝跡

才能に恵まれながら、家庭の事情で一度は夢をあきらめた北澤宏太は育成ドラフトを経て、プロ野球選手になる。元恋人、記者、妻――一人の野球選手をめぐる女性群像物語。（和田　豊）

し-34-18

柴田よしき
風のベーコンサンド
高原カフェ日誌《ダイアリー》

東京の出版社をやめ、奈穂が開業したのは高原のカフェ。訪れるのは娘を思う父や農家の嫁に疲れた女性……。心の痛みに効くカフェご飯が奇跡を起こす六つの物語。（野間美由紀）

し-34-19

大崎　梢・近藤史恵・篠田真由美・柴田よしき・永嶋恵美
新津きよみ・福田和代・松村比呂美・光原百合
アンソロジー　捨てる

連作ではなく単発でしか描けない世界がある――9人の女性作家が持ち味を存分に発揮し、「捨てる」をテーマに競作！　様々な女性たちの想いが交錯する珠玉の短編小説アンソロジー。

し-34-50

大崎　梢・加納朋子・近藤史恵・篠田真由美・柴田よしき
永嶋恵美・新津きよみ・福田和代・松尾由美・松村比呂美・光原百合
アンソロジー　隠す

誰しも、自分だけの隠しごとを心の奥底に秘めているもの――。実力と人気を兼ね備えた11人の女性作家らがＳＮＳ上で語り合い「隠す」をテーマに挑んだエンターテインメントの傑作！

し-34-51

重松　清
きみ去りしのち

幼い息子を喪った父。〈その日〉をまえにした母に寄り添う少女。この世の彼岸の圧倒的な風景に向き合いながら、ふたりの巡礼の旅はつづく。鎮魂と再生への祈りを込めた長編小説。

し-38-13

重松　清
また次の春へ

同じ高校に合格したのに、浜で行方不明になった幼馴染み。彼の部屋を片付けられないお母さん。突然の喪失を前に、迷いながら、泣きながら、一歩を踏みだす、鎮魂と祈りの七篇。

し-38-14

（　）内は解説者。品切の節はご容赦下さい。

朱川湊人
花まんま
幼い妹が突然誰かの生まれ変わりと言い出す表題作の他、昭和三、四十年代の大阪の下町を舞台に不思議な出来事をノスタルジックな空気感で情感豊かに描いた直木賞受賞作。（重松　清）
し-43-2

朱川湊人
いっぺんさん
一度だけ何でも願いを叶えてくれる神様を探しに行った少年たちのその後の顛末を描いた表題作「いっぺんさん」他、懐かしさと恐怖が融合した小さな奇跡を集めた短篇集。（金原瑞人）
し-43-4

朱川湊人
わたしの宝石
憧れの女性との結婚生活は悲劇的な終わりを迎えた——パワフルで無欲な愛、アイドルへの一途な愛。不思議でノスタルジック、ときに残酷な愛のシーンが描かれる短編集。（植田泰史）
し-43-7

朱川湊人
幸せのプチ
若い日の罪が眠る町・琥珀。当時と変わらぬ喫茶店「青猫」で僕は、最悪の言葉を聞いた——サンダーバードのプラモデル、赤い公衆電話、白い犬。70&80年代の景色が胸に響く連作集。
し-43-8

新野剛志
あぽやん
遠藤慶太は29歳。旅行会社の本社から成田空港所に「飛ばされて」きた。返り咲きを誓う遠藤だが、仕事に奮闘するうちに空港勤務のエキスパート「あぽやん」へと成長していく。（北上次郎）
し-45-2

新野剛志
迷える空港
あぽやん3
航空業界に吹き荒れる逆風の中、大航ツーリストにリストラの圧力が。エリート本社出向社員の言動にも翻弄され、遠藤が出社拒否!?　空港スタッフ奮闘シリーズ第3弾！（大矢博子）
し-45-4

白石一文
どれくらいの愛情
結婚を目前に最愛の女性・晶に裏切られた正平は、苦しみの中、家業に打ち込み成功を収めていた。そんな彼に晶から電話が。再会した男と女。明らかにされる別離の理由。
し-48-1

（　）内は解説者。品切の節はご容赦下さい。

白石一文
僕のなかの壊れていない部分
東大卒出版社勤務、驚異的な記憶力の「僕」は、どんな女性とも深く繋がろうとしない。その理屈っぽい言動の奥にあるのは絶望か渇望か。切実な言葉が胸を打つロングセラー。（窪　美澄）
し-48-4

小路幸也
踊り子と探偵とパリを
一九二〇年代、狂乱のパリ。作家志望の青年ユージンは呪われたダイヤの行方を追って、探偵マークや美貌の踊り子ブランシェと共に作戦を開始する——。恋と友情の華麗なる冒険物語。

し-52-5

島本理生
ファーストラヴ
父親殺害の容疑で逮捕された女子大生・環菜。臨床心理士の由紀が、彼女や、家族など周囲の人々に取材を重ねるうちに明らかになった環菜の過去とは。直木賞受賞作。（朝井リョウ）
し-54-3

新庄　耕
カトク
過重労働撲滅特別対策班

大企業の長時間労働を専門に取り締まる「カトク」に籍を置く労働基準監督官・城木忠司は、この国の働く現場の苛酷な現実に悩みながらも、ブラック企業撲滅に奮戦する。文庫書下ろし。

し-65-1

真藤順丈
黄昏旅団
家族へ酷い仕打ちをする男の心の中を旅することになった青年・グンが見た驚愕の風景。古より存在する〈歩く者〉が真実を顕わにする破壊力抜群の極限ロードノベル！（恒川光太郎）
し-67-1

須賀しのぶ
革命前夜
バブル期の日本から東ドイツに音楽留学した眞山。ある日、啓示のようなバッハに出会い、運命が動き出す。革命と音楽の歴史エンターテイメント。第十八回大藪春彦賞受賞作。（朝井リョウ）
す-23-1

瀬戸内寂聴
源氏物語の女君たち
紫式部がいちばん気合を入れて書いたヒロインはだれ？　物語に登場する魅惑の女君たちを、ストーリーを追いながら徹底解説。寂聴流、世界一わかりやすくて面白い源氏物語の入門書。

せ-1-22

（　）内は解説者。品切の節はご容赦下さい。

瀬尾まいこ
強運の持ち主
元ＯＬが〝ルイーズ吉田〟という名の占い師に転身！　ショッピングセンターの片隅で、小学生から大人まで、悩める背中をちょっとだけ押してくれる。ほっこり気分になる連作短篇。
せ-8-1

瀬尾まいこ
戸村飯店　青春１００連発
大阪下町の中華料理店で育った兄弟は見た目も違えば性格も全く違う。人生の岐路にたつ二人が東京と大阪で自分を見つめ直す。温かな笑いに満ちた坪田譲治文学賞受賞の傑作青春小説。
せ-8-2

瀬尾まいこ
そして、バトンは渡された
幼少より大人の都合で何度も親が替わり、今は二十歳差の〝父〟と暮らす優子。だが家族皆から愛情を注がれた彼女が伴侶を持つとき――。心温まる本屋大賞受賞作。（上白石萌音）
せ-8-3

瀬川コウ
君と放課後リスタート
君を好きだった気持ちさえなくしてしまったのだろうか？　ある日、クラスメート全員が記憶喪失に!?　全ての人間関係の記憶も失われた状態で生まれた謎を「僕」は解き明かせるか。
せ-13-1

高村　薫
四人組がいた。
山奥の寒村でいつも集まる老人四人組の元には、不思議で怪しい客がやってきては珍騒動を巻き起こす。「日本の田舎」から今を描く、毒舌満載、痛烈なブラックユーモア小説！
た-39-3

高野和明
幽霊人命救助隊
神様から天国行きを条件に、自殺志願者百人の命を救えと命令された男女四人の幽霊たち。地上に戻った彼らが繰り広げる怒濤の救助作戦。タイムリミット迄あと四十九日――。（養老孟司）
た-65-1

高杉　良
広報室沈黙す
世紀火災海上保険の内部極秘資料が経済誌にスクープされた。対応に追われた広報課長の木戸は、社内の派閥抗争に巻き込まれながら、中間管理職としての生き方に悩む。（島谷泰彦）
た-72-2